RPM
3000

RPM3000 7

가프 장편소설

초판 1쇄 찍은 날 § 2017년 10월 18일
초판 1쇄 펴낸 날 § 2017년 10월 25일

지은이 § 가프
펴낸이 § 서경석

편집책임 § 이선근
편집 § 김슬기

펴낸곳 § 도서출판 청어람
등록번호 § 제387-1999-000006호
등록일자 § 1999. 5. 31
어람번호 § 제1-2778호

주소 § 경기도 부천시 부일로 483번길 40 서경B/D 3F (우) 14640
전화 § 032-656-4452 팩스 § 032-656-4453
http://www.chungeoram.com
E-mail § chungeorambook@daum.net

FUSION FANTASTIC STORY

RPM
3000

7

가프 장편소설

도서출판 청어람

Contents

1. 레전드 VS 레전드 Ⅰ

"황운비 선수!"

"황운비, 황운비!"

다음 날 인천공항 출국장에는 일대 혼란이 일었다.

기자들 때문이었다. 수십 명이 몰려와 운비 취재에 나선 것.

약관의 루키로서 빅 리그에서 활약하는 운비의 출국. 그에 대한 취재 성격도 있었지만 본질은 기부였다. 아침 신문에 황운비가 대문짝만 하게 나온 것.

"온 국민이 감동하고 있습니다. 거액의 광고료 전액을 기부한 계기가 무엇입니까?"

"한 말씀만 해주세요."

기자들은 집요했지만 운비에게는 팬클럽이 있었다.

몇 개의 팬클럽이 자발적으로 동원되어 기자들과 운비 사이에 장벽을 쌓은 것.

그들은 왕을 호위하는 호위 무사들처럼 몸빵을 자처하며 기자들의 접근을 막아주었다.

"다녀올게요."

보안검색대 입구의 줄에서 운비가 방규리와 황금석에게 말했다.

"그래. 부상 조심하고."

"걱정 마세요."

"9승이라 아홉 고개라는 말이 있던데 너무 욕심도 내지 말고."

"네."

"그리고 너 윤서."

방규리의 시선이 윤서에게 옮겨갔다.

"말씀하세요, 마더."

"가서 운비 잘 보필해. 괜히 헛바람 들어서 쇼핑이나 다니고 그러면 바로 소환될 줄 알아."

"아우, 걱정 좀 하지 마. 내가 과학적인 식단으로 운비의 후반기 체력과 스테미너를 책임질 테니까."

"입은⋯⋯."

"그럼 우리는 이제 갑니다."

윤서가 운비 등을 밀었다. 둘은 검색대를 향해 멀어졌다. 그제야 방규리 눈시울이 붉어졌다.

"또 울어?"

황금석이 물었다.

"당신은 그럼 아무렇지도 않아요? 우리 운비가 그 먼 길 가는데⋯⋯."

"잘되려고 가는 거잖아. 이미 우리도 못 한 멋진 일을 했고."

"기부한 거야 잘한 거지만 그 무시무시한 메이저 타자들 상대할 생각을 하니⋯⋯."

"우리 운비도 무시무시해. 운비가 전반기에 부러뜨린 메이저 타자들 방망이가 몇 갠 줄이나 알아?"

"그래도⋯⋯."

"의연합시다. 팬들이 아직 보고 있어요."

"우리 운비⋯ 후반기에도 잘하겠죠?"

"당연히⋯ 우리 아들 못 믿어?"

"믿죠⋯ 백 번이라도⋯⋯."

"갑시다. 친구놈들이 신문 보고 난리야. 야구 잘하는 것도 부러운데 어떻게 생각까지도 이렇게 반듯하게 키웠냐고."

황금석이 신문을 흔들어 보였다.

운비의 기부 기사가 쓰인 그 신문. 물론 기자는 차혁래였다.

<명품 커터의 황운비, 명품 기부로 팬들 가슴을 녹이다>
<스무살 황운비, 메이저 마운드 뿐만 아니라 기부에서도 빛나다>
<국가대표급 통 큰 기부, 황운비>

메이저리그를 뜨겁게 달구고 있는 코리안 빅 유닛 황운비가 남모를 기부로 팬들을 또 한 번 울렸다.

올스타전을 맞아 잠시 휴식기를 틈타 입국한 황운비. 두 편의 광고료로 받은 8억 전액을 기부하는 노히트노런급 선행을 베풀었다. 황운비와 에이전시 측은 일체 비밀에 부쳤지만 기부를 받은 쪽에서 방송사에 제보하는 바람에 알려지게 된 것.

이러한 사실이 알려지자 광고주 측에서도 감동, 황운비가 내놓은 광고료 8억에 8억을 더 붙여 16억을 기부하게 되었다.

8억에 8억을 더 붙인 건 황운비의 백넘버 88을 상징하는 금액. 광고주는 8억을 희사함으로써 황운비의 후반기

패투를 기원하는 의미를 담았다고 밝혔다.

한편 황운비는 올해 빅 리그 신인왕 등극이 유력시되는 선수.

전반기 쾌조의 활약으로 9승을 마크한 황운비는 후반기 4~5승만 추가해도 신인왕으로 선발될 확률이 높다.

황운비의 가세로 마운드에 안정을 찾은 브레이브스는 작년 꼴찌에서 올해 지구 1, 2위를 다투는 팀으로 변모, 포스트 시즌 진출을 꿈꾸고 있다.

황운비는 기부에 대한 소감을 묻는 인터뷰에 끝내 답하지 않았다.

그는 아직 어리지만 자신의 도움을 받는 사람들의 자존심에 상처가 될 걸 우려하고 있었다.

마운드에서는 강철 같은 멘탈이 선행을 베푸는 데는 무지개처럼 맑았다.

말없이 아름다운 빛을 보이고 고요히 사라지는 무지개. 빅 리그의 마운드에서처럼 기부에서도 절대 모범을 보인 황운비였다.

이제 누가 그를 한국 야구의 모범이라고 말하지 않을 수 있을까?

황운비는 오늘도 야구로 자신의 역사를 써나가고 있다.

대기실의 운비는 핸드폰을 꺼냈다. SNS가 수북이 쌓여 있었다. 그래도 장리린의 것은 없었다. 장난스러운 세형과 용태선의 문자가 눈에 띄었다.

―신인왕 꼭 먹어라. 못 먹고 오면 나한테 죽는다.

―형, 정말 고마웠어요. 이제부터라도 잘할게요.

문자에서 애정이 묻어났다. 하지만 운비의 표정에는 약간의 그늘이 드리웠다.

장리린 때문이었다. 가는 길이니 먼저 문자를 할까 하다가 말았다.

그녀는 톱스타. 운비 역시 스타라지만 어쩐지 그녀의 명성과는 비교가 되지 않을 것 같았다.

괜한 자격지심이었다.

그때, 새 문자 하나가 들어왔다.

"……!"

운비는 숨이 콱 막히는 걸 느꼈다. 기다리던 장리린이었다.

―오늘 출국하죠? 연락 한번 올 줄 알았더니 끝까지 안 오네요.

―그래서 자존심 내려놓고 제가 먼저 연락해요. 저 잊은 거 아니죠?

―신문의 기부 기사보고 놀랐어요. 정말 멋져요.

―후반기에도 멋진 투구 부탁해요.

몇 개의 문자가 주르륵 이어졌다.

"뭐야?"

옆의 윤서가 고개를 디밀었다.

"아, 아니… 아무것도……."

"뭔데 그래?"

"아니라니까."

운비는 아예 일어서 버렸다. 윤서를 저만치 비켜놓고 답장을 보냈다.

—사실 날마다 연락 기다렸어요. 제가 먼저 연락하려다 리린 씨가 바쁠까 봐… 연락 줘서 고마워요.

—미국 가서 연락할게요.

찍은 문자를 보고 또 보았다.

혹시라도 오타는 없는지… 이렇게 보내도 되는지… 더 좋은 말은 없는지…….

그러다 전송을 눌렀다. 손가락은 파르르 떨렸지만 마음은 편안해졌다.

탑승 후에는 신문을 읽었다.

운비의 기부 기사가 나온 신문이었다. 별수 없이 허락을 했지만 낯이 뜨거웠다.

이 일로 아침에 청와대의 전화까지 받았다. VIP께서 잠깐 뵙기를 원한다는 것이었다.

에이전시 측에서는 그랬으면 하는 눈치였지만 운비가 거

절했다. 소리 소문 없이 기부하려던 운비였다. 게다가 대통령과 만나 무슨 말을 한단 말인가? 그건 운비가 원하는 그림이 아니었다.

눈을 감고 가만히 테니스공을 쥐었다.

후반기 첫 대전은 다저스였다. 그다음에 컵스를 만난다. 둘은 중부지구와 서부지구의 강자들. 초반부터 험난한 대진운에 다름 아니었다. 그래도 운비는 주눅 들지 않았다.

한국에서의 여정은 바빴지만 하나같이 행복했다. 장리린을 만난 것도, 소야고에서 용태선을 구제한 것도, 광고료를 기부함으로써 자신을 빅 리그로 보내준 한국에 작은 기여를 했다는 자부심까지.

10승!

이제 다시 시작해야지.

운비는 손에 쥔 테니스공을 힘주어 눌렀다.

"윤서!"

애틀랜타에 내리기 무섭게 우렁찬 소리가 들려왔다.

인시아테였다.

옆에는 스칼렛이 보였다. 인시아테는 황소처럼 달려와 윤서를 번쩍 안아 들었다.

"I miss you so much, so so much!"

"Me too."

둘은 입술 박치기까지 시도했다.

"거참, 눈꼴시네."

운비가 슬쩍 염장을 질렀다.

"얘, 여긴 미국이거든. 미국에서 키스는……."

"한국의 악수와 같다?"

운비가 받아쳤다.

"그렇다니까."

"어머니 아버지도 그렇게 생각할까? 황윤서, Her mind on something else."

"누가 마음이 콩밭에 가? 오랜만에 만났으니까 그런 거지."

"오케이, 알았으니까 그만 가시죠."

운비는 생산성 없는 논쟁을 끝냈다. 콩깍지가 낀 여자에게 무슨 말이 통할까?

더구나 같은 계열의 콩깍지를 낀 인시아테가 앞에 있는데…….

구단에 들러 귀국 인사를 했다. 스니커와 헤밍톤이 반갑게 운비를 맞았다.

"헤이, 황!"

헤밍톤은 운비를 소파에 앉히고 말을 이었다.

"컨디션 어때?"

"죽이죠. 기운이 펄펄 납니다."

"말은 그래도 여독이 만만치 않을 텐데?"

"진짜 괜찮습니다."

"그럼 이번 다저스 2차전 선발 괜찮겠어?"

"물론이죠."

"그쪽 선발이 누군지 궁금하지 않아?"

"커쇼인가요?"

"커쇼는 1차전 선발!"

"그럼? 설마 류연진?"

"맞아."

"……."

"원래는 루이 조나단과 붙여주려고 했는데 그쪽 감독이 팬들 여망에 한번 부응해 보자기에……."

팬들의 여망.

그건 이해가 되었다. 한국인들에게는 그야말로 환상의 매치가 될 수 있다.

한국인 투수가 나오고 상대 팀에 한국인 타자가 있어도 흥미가 배로 늘어나는 게 야구였다. 그런데 양 팀 선발투수가 나란히 한국인이 나온다면?

미국에 사는 한국인들에게 최고의 팬 서비스가 될 것은

뻔한 일이었다.

운비와 류연진의 환상의 매치는 그렇게 결정이 되었다.

장소는 브레이브스의 홈구장. 전반기 개막전을 다른 팀의 구장에서 맞았던 브레이브스였기에 팬들은 더욱 다저스전을 기대하고 있었다.

내셔널스—53승 35패

브레이브스—49승 39패

말린스—45승 43패

메츠—42승 46패

필리스—40승 48패

전반기가 끝난 성적. 브레이브스는 내셔널스에 1위 자리를 내주고 2위에 랭크되어 있었다.

승차는 4게임. 간격이 조금 벌어졌지만 아직은 사정권이었다. 하지만 변수는 내셔널스가 수비 강화에 성공했다는 것.

별다른 전력 보강 없이 후반기를 맞이하는 브레이브스로서는 첫 3연전이 중요할 수밖에 없었다.

다저스 역시 지구 1위라지만 자이언츠에게 2게임 승차로 쫓기고 있는 상황. 서로가 위닝시리즈를 꿈꾸기는 마찬가지였다.

운비는 올스타전에 대해서도 들었다. 반갑지 않은 소식이 있었다.

올스타전 최우수선수상인 Ted Williams MVP Award가 다저스의 3루수 터너에게 돌아갔다는 것. 그는 3점 홈런을 포함한 3타수 2안타로 MVP를 거머쥐었다. 다저스 팀 분위기에 도움이 될 건 자명한 사실이었다.

딩도로롱!

저녁 식사를 마치고 잠자리에 들려할 때 전화가 왔다. 류연진이었다.

─황운비, 한국 다녀왔다고?

류연진의 목소리는 옆에 있는 것처럼 들렸다.

"예, 선배님."

─너 후반기 대진표 들었냐?

"네, 영광스럽게도 선배님이랑 맞대결하게 되었다고……."

─너 좀 살살 던져라. 알았어?

"그건 제가 선배님께 할 말인데요?"

─아, 이거 야단났네. 신인왕을 맡아둔 운비랑 맞대결이라니? 나 요즘 컨디션도 별로인데…….

"……."

─그나저나 너 굉장한 일 했더라? 광고 찍고 그 돈 몽땅

다 기부하고 왔다며?

"헐, 그게 벌써 선배님 귀에도 들어갔어요?"

―아무튼 너 진짜 괴물이다. 내가 얼마나 행복한지 몰라.

"좋게 봐주셔서 고맙습니다."

―한국에서도 우리 둘의 대결에 굉장히 큰 관심을 갖나 보던데 잘해보자.

"네, 잘 부탁합니다."

―피곤할 텐데 푹 쉬고.

"예!"

전화는 그렇게 끊겼다.

류연진!

굉장한 투수다. 그는 운비에게 레전드였다.

소야고에서 그를 처음 만났을 때 얼마나 설레었던가?

그 마음은 지금도 변치 않고 있었다. 그런 류연진과 맞대결을 벌이게 되었다. 이건 커쇼와 붙는 것보다도 더 흥분되는 일이었다.

디로동동!

전화는 또 울렸다. 이번에는 차혁래였다.

"황운비, 그거 사실이냐? 후반기 2차전에서 류연진과 맞대결이라는 거?"

"어떻게 알았어요?"

"묻는 말에나 대답해."

"그렇다던데요?"

"으아, 너 기다려라. 나 지금 공항이다. 내일 아침에 미국에 도착한다."

"며칠 있다가 온다면서요?"

"너하고 류연진이 붙을 줄 몰랐지. 게다가 데스크가 요구한 것도 다 처리했거든."

"그럼 편하게 날아오세요."

"아주 태평하구나? 국내 야구팬들은 난리가 났는데. 아니지. 교민들은 더 할걸? 한국인 투수들이 빅 리그에서 선발대결… 이게 보통 사건인 줄 아냐? 빅 리그 역사상 처음 있는 일이라고."

차혁래의 목소리는 계속 높아졌다.

황운비 VS 류연진.

차혁래도 흥분하는 빅 카드. 그 환상의 매치가 코앞으로 다가왔다.

*   *   *

"와아아!"

올스타 브레이크 기간, 야구 경기가 잠깐 없었던 탓인지 1차전부터 만원사례를 이루었다. 물론 양 팀 에이스의 맞대결 카드라는 이벤트도 한몫을 했다.

테헤란 VS 커쇼.

11승의 커쇼와 8승의 테헤란이 맞붙은 빅 매치. 불은 브레이브스가 먼저 붙였다.

3회 켐프가 투런 홈런으로 커쇼를 두들긴 것. 선취점을 올리며 기세를 올린 브레이브스였지만 다저스의 방망이도 차츰 예열이 되었다.

결국 6회 말에 역전이 되고 말았다.

호투하던 테헤란이 한순간 흔들리며 원아웃 만루를 만들어준 것. 테헤란을 내리며 수습에 나섰지만 터너에게 싹쓸이 2루타를 맞고 말았다. 이 한 방으로 테헤란은 강판되었다.

7회 말.

커쇼가 내려가고 다저스의 필승 불펜이 가동되었다.

8회, 다저스는 두 점을 더 뽑았다. 하지만 브레이브스가 두 점을 따라붙으며 희망을 이어갔다.

끈질긴 브레이브스, 9회 말 마지막 공격에서 끝내 동점을 만들었다. 리베라가 극적인 투런 홈런을 날린 것이다.

연장전에 접어들었다.

이어진 3이닝은 그야말로 처절한 혈투였다. 어느 팀도 첫 게임을 놓칠 마음이 없었다.

매회 투수가 바뀌며 총력전이 펼쳐졌다. 하지만 승리는 끝내 브레이브스를 외면했다.

다섯 번째 투수로 올라온 로드리게스가 푸이그에게 솔로 홈런을 맞은 것.

12회 말, 브레이브스의 마지막 타자가 친 공이 3루수 플라이로 잡히며 길고 긴 혈투가 끝났다.

양 팀 다 총력전을 벌인 게임.

그나마 승을 거머쥔 다저스는 상관없지만 브레이브스에게는 치명적인 출혈이었다.

전반기 마지막 게임에 이어 역전패.

2차전은 반드시 건져야 하는 상황이 되고 말았다.

운명의 2차전 아침, 장리린에게서 문자가 들어왔다. 그녀의 스냅사진 몇 장과 함께였다.

—우리 매니저님하고 내기 걸었어요. 나는 운비 씨 응원하니까 꼭 이겨 주세요.

이번 게임을 놓고는 이런 류의 문자가 많았다. 누가 이겨도 신나는 게임이지만 기왕이면 10승을 채워 신인상 고지

를 선점하라는. 상대가 류연진이니 딱 한 점 차이로 이겨달
라는…….

답글을 보내고 장리린과 함께 찍은 사진을 보았다. 윤서
몰래 사진에 키스를 했다.

"어휴, 한국 팬들 분위기가 대단한가 봐."

노트북으로 한국 사이트에 접속한 윤서도 놀라는 표정이
었다.

메이저리그.

세계 각국의 야구 스타들이 다 모였다.

거기서 한 팀의 선발투수가 된다는 건 굉장한 일. 그런데
양 팀의 선발투수가 모두 한국인이다 보니 분위기가 고조되
는 것이다.

"출격 준비 끝?"

구장으로 나갈 준비를 할 때 스칼렛이 들렀다.

"당연하죠."

"류연진… 황이 좋아하는 선수지?"

"당연하죠."

"황과는 반대 성향의 투수… 재미난 승부가 될 거 같은
데?"

"스칼렛은 누구에게 걸래요?"

"나야 물론 황이지. 설령 커쇼와 붙는다고 해도."

"마음 말고, 진짜 분석 말이에요."

"으음… 그렇게 물으면 5 대 5?"

"솔직해서 좋네요."

"다저스가 원래 강팀이잖아? 연봉만 봐도 그렇고… 분위기 한번 타면 월드시리즈를 재패해도 이상할 거 없거든."

"지금 분위기 타고 있다?"

"전반기 3연승에다 어제 승을 올려서 4연승이야. 5연승을 노리지 않을 리 없잖아?"

"타격, 수비, 주루, 불펜, 득점… 전부 다저스 우세로 나온 모양이군요."

"실망할 거 없네. 가장 중요한 선발은 자네가 우위니까. 류연진의 올해는 미국으로 건너올 때 같지는 않거든. 볼 배합을 바꾸고 노련미로 타자를 대하고 있지만 그 아이템이란 놈, 안 먹힐 때는 제대로 안 먹히니까."

"기대해 보죠."

운비는 글러브를 챙겼다. 이제 등판 루틴을 소화할 시간이었다.

"황!"

불펜의 레오는 그 자리에 있었다. 운비가 가벼운 런닝과 스트레칭을 시작하자 바로 보조를 맞춘다.

"어깨에 힘 들어갔어."

그는 즉석에서 운비의 스트레칭을 도왔다. 레오의 리드를 따라 근육을 푸니 팔이 더 가뜬해졌다.

"한국에서 좋은 일 있었지?"

"예? 아, 예……."

"비밀?"

"아뇨. 작은 광고 모델이 하나 들어와서요."

"그거 말고."

"예?"

"이거… 나 척 보면 알거든."

레오가 가슴을 가리켰다.

"에이, 그런 건……."

운비는 손사래를 치며 시치미를 떼었다.

동시에 표정 관리에 들어갔다. 헤벌쭉 웃고 있었던 모양이었다. 곧이어 플라워스가 다가왔다. 오늘은 다른 날에 비해 구위 점검을 몇 차례 더 했다. 커터의 각도 조율해 보고 체인지업의 구속도 조절했다. 운비가 마지막으로 던진 공은 커브였다.

팡!

"오!"

뜻하지 않은 공이 꽂히자 플라워스의 눈이 휘둥그레졌다. 각이 제법 나왔기 때문이다.

"황, 한국에서 커브 연습한 거야?"

플라워스가 물었다.

"아뇨."

"이거 하나 더 던져봐."

플라워스의 주문에 따라주었다.

"하나만 더!"

"그냥 재미로 던져본 건데……."

"알았으니까 One more."

팡!

제대로 실밥을 긁어주었다. 플라워스는 고개를 갸웃하고는 불펜 피칭을 마무리했다.

다음 루틴 과정은 리사와 기자들이다. 운비는 그렇게 예상했고, 예상은 빗나가지 않았다. 브레이브스는 내셔널스와 치열한 선두 다툼을 벌이는 팀. 여기서 3연패라도 당하면 치명타가 될 수도 있었다.

나아가 다저스 역시 자이언츠에게 추격을 당하는 입장. 그들도 최소한 위닝시리즈를 바라고 있었다. 거기에 더해 겹겹이 몰려든 한국 취재진.

들은 다저스의 류연진과 브레이브스의 운비 쪽으로 나뉘어 취재에 열을 올렸다.

"후반기 첫 등판이네요. 오늘 이기면 10승인 거 아시죠?"

리사가 마이크를 들이댔다.

"열심히 하겠습니다."

"오늘 게임, 특히 관심을 끄는데요. 한국 취재진들의 열기가 장난이 아닙니다. 류연진 선수, 평소에 알고 지내는 사이인가요?"

"제가 미국에 오긴 전, 제 레전드였습니다."

"오, 그럼 오늘 전설과 충돌하는 셈이로군요."

"저야 영광이죠."

"하지만 데이터와 전문가들은 황의 우세를 점치고 있습니다."

"류연진 선수는 데이터에 나오지 않는 무언가가 있습니다. 알고 계실 텐데요?"

"멘탈이라면 황도 뒤지지 않잖아요? 게다가… 그것 말고도 내일 경기에 출격하는 조나단 말입니다. 황이 선전하길 바랄까요?"

조나단.

그는 운비와 신인왕을 다투는 선수 중의 하나였다.

"저라면 그럴 겁니다. 최상의 결과로 경쟁하는 것. 그게 팬들에 대한 보답일 테니까요."

"여기서 핵심으로 들어가겠습니다. 오늘 승리할 것 같나요?"

"열심히 던지겠습니다."

"웃는 걸 보니 감이 좋군요. 부디 내셔널스와의 승차를 좁혀주기를 기대합니다."

리사의 차례가 끝났다. 다음은 이례적으로 차혁래였다. 보통은 MLB이나 ESPN, USBA 투데이 기자 등이 이어졌지만 오늘은 달랐다.

아마 선발투수 덕분에 미국 기자들의 양해를 구한 모양이었다.

"Red eye?"

운비가 물었다. Red eye는 밤 비행기로 왔다는 영어식 표현. 정말이지 부랴부랴 날아온 모양이었다.

"그래. 비행기가 느려 터져서 내가 뒤에서 밀면서 왔다. 자신 있냐?"

"언제나."

"아, 오늘은 질문하기도 어렵네. 네가 이기면 류연진이 지는 거고, 류연진이 이기면 네가 지는 거고⋯ 이걸 두고 행복한 고민이라고 해야 하나?"

어깨를 으쓱해 보인 차혁래.

정식 인터뷰를 시작했다.

그건 정말이지 한국 팬들을 위한 질문들이었다.

짧게, 짧게 막간 인터뷰를 마치고 더그아웃에 자리를 잡았다.

'좋네.'

전광판을 보며 운비가 웃었다. 어떻게 좋지 않을까? 소야고 때 보았던 레전드 류연진. 그 류연진을 파트너로 선발대결을 벌이게 되었다. 그때는 그저 바라보는 것만으로도 설레던 류연진……

"황, 오늘은 안타 몇 개 쳐줄까?"

공상하는 사이에 인시아테가 다가왔다. 그는 리크 줄기로 운비의 어깨를 쓸어주었다. 피로를 데려가는 것이다.

"멀티면 땡큐죠."

"좋아. 멀티로 지원해 주지."

"우리 누나는 어디 앉았어요?"

"저기!"

인시아테가 홈 플레이트 뒤를 가리켰다.

윤서는 거기 스칼렛과 나란히 앉아 있었다. 이제는 모자에 선글라스까지 갖췄다. 누가 보면 스타의 야구장 외출로 볼 정도였다.

"진짜 뷰리플하다니까."

인시아테는 운비의 귀에 대고 몸서리를 쳤다.

"그만하고 나가시죠. 게임 시작합니다."

뒤에 있던 리베라가 볼멘소리를 냈다.

인시아테는 윤서를 향해 손을 들어 보이고 중견수 자리로 달려 나갔다.

"황!"

글러브를 챙긴 운비를 스니커가 불렀다.

"네, 감독님."

"기자들이 뭐래?"

"뭐 늘 같은 말이죠."

"연패 끊어서 스니커를 구하라?"

"아시네요?"

운비가 웃었다.

"나 안 구해도 되니까 편안하게 던져. 아직 시즌 끝나려면 멀었어."

스니커가 주먹을 내밀었다. 운비는 그 주먹을 마주쳐 주고 마운드로 뛰었다.

"와아아!"

홈 팬들이 열광했다.

"와아아!"

다저스 팬들도 지지 않았다.

잠시 떠나 있었던 빅 리그의 마운드.

돌아오기 무섭게 굉장한 이벤트와 만났다. 가만히 홈 플레이트를 주목했다.

25칸 매직 존은 여전히 성성했다. 그 앞에서 반갑게 출렁이는 수호령도…….

'가자, 황운비!'

운비는 스스로에게 명령했다.

마운드에 선 이상 투구의 목표는 하나뿐이었다.

타자의 초토화…….

메이저리그 최상위 수비력에 최상위 불펜으로 평가받는 팀. 중반 이후에 두 점 차이만 나도 위험한 팀이다. 그렇다고 해도 운비는 부딪칠 뿐이었다.

온몸으로, 온몸으로…….

1번 타자: 스타링 톨레스(CF)

2번 타자: 데이브 시저(SS)

3번 타자: 오마르 터너(3B)

4번 타자: 스티븐 그랜달(C)

5번 타자: 빌 곤잘레스(1B)

6번 타자: 윌슨 베링거(LF)

7번 타자: 코디 푸이그(RF)

8번 타자: 가빈 유틀리(2B)

9번 타자: 류연진(P)

아홉 타자를 머리에 새겨 넣었다. 토레스, 시저, 터너, 그랜달, 곤잘레스, 푸이그……

소야고 시절이라면 마운드에서 까무러쳐 버릴 어마 무시한 타자들.

'후우!'

호흡을 가다듬은 운비, 새로이 리드오프의 자리를 꿰어 찬 톨레스를 바라보았다.

스타링 톨레스.

메이저리그 신인이다. 그러나 덥수룩한 수염을 봐서는 30대로 보였다. 배터리 미팅에서 들은 말이 스쳐갔다. 톨레스와 베링거에 대한 정보였다.

톨레스는 작은 푸이그다. 코치의 말이었다. 한번 불붙으면 야생마가 된다. 그는 그럴 사연이 충분한 선수였다. 그는 레이스에게 3라운드 지명을 받아 야구를 시작했다. 2년여 정도 마이너 생활을 했다. 성적도 그리 나쁘지 않았다. 그러나 명쾌하지 않은 이유로 방출을 당하고 고향인 애틀랜타로 돌아와 식료품 가게 점원으로 일했다. 다시 기회를 노리고 있을 때 다저스에서 손을 내밀었다. 이때의 다저스 CEO가 바로 자신을 처음 뽑아준 그 사람이었다.

다시 마이너에서 칼을 간 톨레스는 기어이 기회를 잡았다. 잘나갈 때는 3할을 때리며 자신의 존재 가치를 입증했다 그러다 다시 불펜 강화를 위한 전략 때문에 마이너로 내려갔지만 곧 콜업을 받았다.

그사이에도 톨레스는 자신을 꾸준히 업그레이드시켰다. 마이너 초기, 톨레스는 빠른 발에 단타나 쳐대는 타자였다. 외야 수비도 그저 그런 것으로 평가받고 있었다. 하지만 최근 들어 그는 그 평가를 보란 듯이 엎어버렸다. 이제는 장타까지 장착하고 수비도 점차 향상되고 있는 것이다.

단점이라면 좌투수를 상대로 한 타율이 우투수에 비해 현저히 저조하다는 것. 그러나 커터나 체인지업에 대한 대응이 나쁘지 않기에 리드오프의 중책을 안고 나온 것이다.

'커터!'

플라워스의 초구 요청은 정해진 공식이었다. 포심에 강한 타자를 상대로 입맛에 맞는 밥상을 차릴 이유가 없는 까닭이었다.

'오케이!'

사인을 받은 운비가 몸을 뒤틀었다. 후반기, 초구를 위한 시동이었다.

2. 레전드 VS 레전드 II

"황이 역동적인 와인드업에 들어갑니다."

중계석이 슬슬 달아오르기 시작했다.

폼멜과 큐레이였다.

둘은 콜라를 앞에 놓고 운비를 보고 있었다. 운비가 등판하는 날의 중계 데스크 풍경이었다.

뻑!

공은 톨레스의 가슴 쪽을 파고들었다.

"스뚜악!"

주심의 콜이 나왔다. 톨레스는 무심하게 배트를 조율하

며 2구를 기다렸다.

"초구 커터죠?"

폼멜이 말했다.

"맞습니다. 149km/h로군요."

"RPM도 확인이 됩니까?"

"1,500대입니다. 이제는 척 보면 알 수 있습니다."

"그렇다면 아직은 황이 루틴대로 투구하고 있군요?"

"이제 1회 초입니다. 중종반으로 가면서, 타자나 상황에 따라서 황의 RPM은 변화하지요."

"변화라면 맞대결을 펼칠 류도 굉장하지 않습니까?"

"그렇다고 봐야죠. 떨어진 구속을 변화의 임기응변으로 보완하고 있으니까요. 그만큼 다양한 공을 던질 수 있는 커맨드를 가진 선수입니다."

"오늘 경기가 코리아에서는 폭발적인 관심을 끌고 있다고 하던데요?"

"코리안 출신의 두 선발투수가 맞대결을 벌이는 건 처음이라고 합니다. 코리아도 야구 열기가 굉장한 나라거든요."

"그렇죠. 변방으로 불리지만 알고 보면 굵직한 세계적 대회는 죄다 한 번씩 끌어안은 나라죠."

"그게 참 불가사의합니다. 재팬이라면 몰라도 말입니다."

"지구촌의 야구 붐을 위해서는 바람직한 일인데, 그래도 우리는 둘 중에서 황이 승리하기를 기대합니다."

"스칼렛에게 들은 말인데 류는 황의 멘토였다고 합니다."

"그래요?"

"그게 걱정입니다. 코리안들은 정이 많다고 하니 황의 마음이 약해질까 봐……."

"하핫, 그런 우려는 버려도 될 겁니다. 황은 마운드에서 누구에게도 지고 싶어 하지 않으니까요."

"물론 조크였습니다. 어제 막심한 출혈을 입은 브레이브스입니다. 오늘 게임까지 내준다면 자칫 스윕을 당할 수도 있거든요."

"말씀드리는 순간, 다시 칼날 커터가 꽂힙니다."

뻑!

플라워스의 미트질은 대각선에서 일어났다. 이번 공은 바깥 존에 걸린 스트라이크였다.

볼카운트 투낫씽.

아직까지도 톨레스의 방망이는 미동도 않고 있었다.

'체인지업 낮게.'

플라워스가 미트를 내렸다.

상대가 패스트 볼과 체인지업에 강하다고 해서 커터만 던질 수도 없는 일이었다.

3구가 운비 손을 떠났다.

톨레스의 방망이가 기다렸다는 듯이 돌았다. 타구는 파울이 되었다.

'⋯⋯!'

4구 사인을 내려던 플라워스. 운비가 낸 사인을 보고 눈이 휘둥그레졌다. 커브 사인이 나온 것이다.

'커브?'

'예.'

운비는 진지했다.

'커브란 말이지?'

'카운트도 여유 있으니까요.'

운비는 커브에 꽂힌 마음을 놓지 않았다.

커브!

운비의 주요 구종이 아니었다.

그렇다고 커브를 구사하지 못하는 것도 아니었다.

한때는 싱커와 슬라이더에 더해 스플리터까지 던졌던 운비였다.

'좋아. 팬 서비스 한번 해보자고. 더불어 다저스 타자들 머리도 좀 흔들고⋯⋯.'

플라워스가 자세를 잡았다.

운비는 포심, 커터를 위시한 패트스 볼과 체인지업 투수로 잘 알려진 마당. 게다가 현재의 상황으로 봐서도 패스트 볼 아니면 커터가 들어가야 할 때였다.

거기에 뜻밖에도 커브가 선택되었다.

만약 톨레스를 낚을 수 있다면 괜찮은 효과를 볼 수 있는 일이었다.

'커브……'

킥킹을 하며 그립을 결정했다. 컨디션은 괜찮았다. 문제는 각이었다.

"와앗!"

기합과 함께 4구가 운비 손을 떠났다.

부욱!

톨레스의 배트도 돌았다.

뻑!

소리와 함께 공은 플라워스의 미트에 들어갔다. 톨레스의 헛스윙이었다.

"방금 저 공, 커브 아닙니까?"

중계석의 폼멜이 벌떡 일어섰다.

"맞습니다. 뜻밖인데요?"

"세상에, 커브… 커브로 삼진이라니……"

"톨레스의 허를 찌른 공이로군요. 톨레스는 아마 커터나 체인지업을 기다리고 있었던 것 같습니다."

"각도 나쁘지 않은데요?"

"빅 유닛 아닙니까? 빅 유닛이 커브를 제대로 장착하면 그 또한 난공불락이지요."

"아, 이거 커브가 황의 4th 피치가 되는 겁니까? 패스트 볼, 커터, 체인지업, 그리고 커브……."

"글쎄요. 좀 더 추이를 지켜봐야 할 거 같습니다."

중계석의 흥분과는 달리 운비는 담담하게 시저를 맞이했다.

그는 2구 만에 스완슨 앞에 굴러가는 타구로 아웃이 되었다. 물론 그의 배트는 반으로 동강이 났다.

투아웃!

여기까지는 도착했다.

타석에는 오마르 터너가 들어서고 있었다. 파워풀한 레그 킥의 타법에 밀어치기도 준수한 선수.

배트 컨트롤까지 막강해 아니다 싶은 공도 안타로 만든다. 더구나 그는 주자가 있으면 더 강해지는 클러치 능력의 소유자였다.

부욱부욱!

타석 직전에 휘두른 스윙의 바람 소리도 굉장했다.

더 무서운 건…….

'이번 올스타전 MVP…….'

별들의 대전 올스타. 이제는 운비도 꿈꾸게 되었다. 아니,

올스타 투표 기간에 부상만 당하지 않았더라면 나갈 뻔도 했었다.

그 꿈의 대전에서 MVP라는 건 아무나 먹을 수 있는 게 아니었다. 그만큼 잘나간다는 반증이니 주의할 수밖에 없었다.

'초반이 관건이야.'

플라워스의 눈빛이 말했다.

저력을 가진 다저스 타자들. 그들이 버닝하기 시작하면 걷잡을 수 없다. 그 도화선은 어쩌면 터너.

운비는 이 대결이 오늘의 향방을 가르는 첫 고비라고 생각했다.

터너의 매직 존을 매섭게 살폈다.

그의 콜드 존은 높은 쪽이었다. 낮은 공을 좋아하는 것이다.

"파이팅, 황!"

운비의 긴장을 알았는지 우익수 리베라가 응원을 보내왔다.

"……?"

운비가 돌아보았다. 목소리가 전반기와 달랐다. 타조의 신성시력의 도움을 받고서야 알았다.

리베라…….

컨디션이 좋지 않았다. 헐렁한 눈빛만 봐도 알 수 있었다. 다리에 흐르던 팽팽한 기세도 느슨해 보였다.

오늘은 리베라의 호수비를 기대하기 힘든 날인 거 같았다. 거기에 플러스… 3루의 가르시아… 그의 컨디션도 그리 좋아 보이지 않았다. 자칫하면 좌우에서 구멍이 날 수 있는 날이었다.

'그렇다면 몸 쪽…….'

우타자와 바깥쪽 승부에서 최대의 장점은 리베라였다. 어쩌다 장타를 맞는다고 해도 리베라가 있었다. 수비 범위도 넓은 데다 판단력에 주력, 어깨까지 좋으니 걱정이 되지 않는 것.

그 리베라가 평균 수비 이하를 하는 날이라면 얘기가 달랐다.

게다가…….

다른 건 또 있었다.

수호령이었다.

시합이 개시되면 함께하고 있음을 보여주고 떠나는 수호령.

그 수호령이 다시 나타난 것이다. 전에 없던 일이었다.

"……!"

홈 플레이트 위였다.

거기서 수호령이 손을 내밀었다. 운비의 정강이를 가리키는 것이다.

'정강이?'

운비가 발을 내려다보았다.

예전에도 수호령이 두 번 등장한 적이 있었다. 전반기 마감 직전, 발목 부상으로 강판되던 날이었다. 하지만 그때는 그저 등장만 했던 수호령. 오늘은 정강이를 가리키고 있었다.

'왜?'

불길한 암시일까? 아니면 괜한 생각일까? 생각하는 사이에 수호령은 사라져 버렸다.

'왜 그래?'

플라워스의 눈빛이 건너왔다.

'아무것도 아니에요. 몸 쪽 갈게요.'

'몸 쪽은 위험한데?'

플라워스가 망설였다. 터너의 컨택 능력 때문이었다. 패스트 볼이라면, 터너는 몸 쪽과 낮은 공에도 강했다. 게다가 조금 더 높아지면 헛되이 버리는 공이 될 수 있었다.

'그래도 몸 쪽요.'

운비가 고집을 부리자 플라워스가 받아주었다. 운비의 이상한 예감 같은 걸 익히 아는 그였다.

뻑!

포심 초구가 꽂혔지만 살짝 높았다. 터너가 상체를 움찔하면서 볼 판정이 나고 말았다.

'거봐. 공만 버렸잖아?'

'하나 더 던질게요.'

'황.'

'부탁합니다.'

'……'

잠시 주저하던 플라워스가 미트를 들었다.

짝!

2구로 들어간 건 커터였다. 터너의 방망이가 따라 나왔지만 파울이 되었다. 찜찜한 마음에 회전수를 1,900으로 올려 놓은 커터. 그런데도 쳐낸다는 것은 컨디션이 좋다는 반증이었다.

'바깥쪽 높게 포심 한 방. 그다음에 위닝샷으로 체인지업을 쓰자고.'

'알겠습니다.'

사인을 받은 운비, 다시 투구 모션에 들어갔다.

"……!"

그 짧은 순간, 운비는 보았다. 운비에게 고정된 터너의 눈동자. 그는 타구 방향을 운비에게로 잡고 있었다.

투수를 향해 치면 안타!

그런 공식 아닌 공식이 있었다.

짝!

바깥쪽 높은 존에 꽂히는 공에 방망이가 돌았다.

"악!"

순간, 관중석의 윤서에게서 비명이 터졌다. 공이 운비를 향해 정면으로 날아간 까닭이었다.

"아아!"

중계석의 폼멜도 벌떡 일어섰다. 더그아웃의 스니커와 헤밍톤도 동물적으로 반응했다.

"황!"

플라워스의 외침을 들으며 운비는 바닥의 공을 맨손으로 잡았다. 1루에 던져 터너를 아웃시키고 무너졌다. 간발의 차이였다. 내야수들이 우르르 운비에게 달려왔다. 리베라 역시 총알처럼 뛰었다.

"괜찮아?"

플라워스가 정강이를 바라보았다. 운비는 일어선 채 몇 걸음 걸으며 상태를 파악했다.

"다행히……."

운비가 웃자 내야수들이 한숨을 돌렸다. 절체절명의 위기였다. 그러니까 터너가 친 공이 수호령의 암시처럼 운비의 정강이를 향해 날아왔다. 운비는 빅 유닛이기에 신들린 순발력까지는 없었다. 순간, 운비를 글러브를 놓았다. 그게 떨어지면서 정강이를 직격하는 공으로부터 완충 역할을 해준 것. 그러니까 공은, 글러브 위에서 정강이를 치고 떨어진 것이다. 순간적으로 아찔했지만 이내 정신이 들었다. 그렇기에 공을 잡아 1루 송구를 했다. 무사한 정강이에 터너까지 잡았으니 비극은 아니었다.

더그아웃으로 가자 코치와 트레이너들이 다급히 정강이를 살폈다. 이제 운비는 브레이브스 마운드의 핵. 속된 말로 에이스로 불려도 문제가 없을 정도였으니 부상을 입으면 치명적일 브레이브스였다.

"크게 문제는 없는 것 같습니다."

자체 진단이 나왔지만 스니커의 마음은 편치 않았다.

"던질 수 있겠나?"

스니커가 물었다.

"내가 맞은 게 아니고 글러브가 맞았다니까요."

운비는 그 말로 대답을 대신했다. 돌아선 운비는 그때까지도 어쩔 줄 모르던 윤서를 향해 손을 들어보였다. 윤서의 눈에서 뚝뚝 떨어지는 눈물은 보지 않았다.

"아, 천만다행입니다. 큰 부상은 아니라는군요."

중계석의 폼멜은 그제야 자리에 앉았다.

"기막힌 판단이었습니다. 황이 공을 잡으려고 했다면 부상을 피할 수 없었을 겁니다."

"하늘이 도왔습니다. 황, 의도적으로 글러브로 막은 걸까요? 아니면 우연히 떨어뜨린 걸까요?"

"전자든 후자든 한 가지는 분명합니다. 우리가 황을 다음 이닝에서도 볼 수 있다는 것."

"이렇게 되면 불펜 투입이 빨라지지 않을까요? 정밀 진단을 받은 건 아니니까요."

"2회를 보면 알 겁니다. 문제가 있다면 투구에 변화가 있을 겁니다."

"마운드에는 이제 류가 서 있습니다. 브레이브스의 반격이 시작됩니다."

폼멜의 말을 따라 화면이 류연진에게로 옮겨갔다.

정강이에 스프레이를 뿌린 운비, 천천히 류연진을 바라보았다. 연습구의 스피드는 위력적이지 않았다. 그래도 무브먼트는 괜찮아 보였다. 하지만 류연진은 카멜레온 같은 투수. 패스트 볼의 구속도 상황에 따라 조절하는 투수다 보니 연습구만으로 알 수는 없었다.

전반기, 류연진은 체인지업과 커브로 쏠쏠한 재미를 보았다. 패스트 볼의 스피드는 조금 떨어졌다지만 스터프가 뛰어난 류연진… 동시에 류연진은 동부지구 팀들에게 좋은 방어율을 가지고 있었다.

'인시아테, 리베라, 프리먼……'

운비의 뇌리에 중심 타자들이 스쳐 갔다. 그들은 류연진의 투구를 어떻게 대처할까? 확실히 다른 투수가 나온 경기보다는 흥미가 붙었다. 운비의 기대를 안고 인시아테가 타석에 들어섰다.

─리크의 마법과 류연진의 뚝심.

충돌이 시작되었다.

뻑!

류연진의 초구가 꽂혔다. 예상외로 패스트 볼이었다. 하지만 145km/h를 찍는 데 그쳤다. 물론 구속이 전부는 아니었다. 150km/h 미만의 구속으로 리그를 호령하는 투수도 있었다. 하지만 스피드가 떨어지면 일단 맞을 가능성이 커진다. 특히 실투라면, 홈런까지도 각오해야 했다

2구는 체인지업이 떨어졌다. 궤적이 살아 있었다.

3구…….

이 공이 중요했다. 인시아테는 대비해야 할 공이고, 류연진 입장에서는 그 '대비'를 넘어야 할 공이었다.

짝!

예상대로 인시아테의 방망이가 돌았다. 슬라이더였다. 패스트 볼과 체인지업 세트로 현혹하고 브레이킹볼로 승부를

보는 것이다.

운비의 성향과는 반대가 될 수 있었다. 운비라면, 무빙 볼로 타자를 현혹한 후에 강력한 포심을 날리면 굉장한 무기가 될 수 있다. 류연진의 전략도 그와 다르지 않았다.

인시아테의 땅볼은 유틀리가 잡아 처리했다.

뒤를 이은 건 리베라였다. 리베라는 2구에 배팅을 했다. 그것 역시 정타가 되지 않아 우익수에게 잡히고 말았다. 켐프는 포수 파울플라이로 분루를 삼켰다. 류연진 역시 운비의 1회처럼 그리 나쁘지 않았다.

2회 초.

운비가 마운드에 서자 홈 팬들의 시선이 집중되었다.

'별수 없이 포심 하나 꽂아야겠는데요?'

포수이자 4번으로 들어선 그랜달을 두고 운비가 사인을 보냈다.

'무리하는 거 아니지?'

'그럴 리가요. 빅 리거들은 몸이 돈이라면서요?'

'그건 진리거든.'

'저도 그 정도는 아니까 받아주세요.'

'오케이, 1번 존에서 25번 존까지 대각선 방향으로 쫙.'

플라워스의 미트가 위아래로 움직였다. 그랜달의 콜드 존은 정말 그렇게 떴다. 위에서 아래로 대각선을 그리며 콜드 존… 수호령은 더 이상 보이지 않았다.

"와앗!"

작심하고 포심을 날렸다.

부욱!

그랜달의 배트 또한 작심하고 나왔지만.

뻑!

공은 플라워스의 미트에 들어가고 말았다.

158km/h에 RPM 2,569.

코칭스태프와 홈 팬들의 혼을 빼는 투구였다.

"아, 아……."

중계 액션이 강한 폼멜은 또 일어나 있었다.

"방금 158을 찍었습니다. 보셨죠?"

"물론이죠. 황은 건재합니다."

"그걸 보여주기 위해 일부러 포심을 날렸을까요?"

"황은 팬 서비스를 아는 선수입니다. 어쩌면 하나 더 꽂을지도 모릅니다."

"하나 더요?"

"하나는 우연이라고 볼 수 있지만 두 개 연속이라면?"

"정강이는 무사한 거죠."

"바로 그겁니다."

운비가 그 말을 들었을까? 2구로 꽂힌 공 또한 157km/h

를 찍은 포심이 들어왔다. 그랜달의 스윙은 또 한 번 허공을 긁어댔다. 비슷한 코스였다. 그렇기에 작심하고 따라붙었지만 배트에 닿지 않았다. 이번 공의 RPM은 1,550이었던 것.

2,569와 1,550.

회전수만큼이나 공의 무브먼트도 달랐다.

"......!"

그랜달은 마음을 추스렸다. 마운드에 선 코리안 황운비. 사실 그랜달은, 팀 동료인 류연진이 여우라는 걸 알고 있었다. 그는 빅 리그의 짬밥 수에 비해 스마트한 경기 운영을 했다. 그런데, 빅 유닛의 운비 또한 그에 못지않았다. 정신 차리지 않고서는 공략하기 어려운 투수였다.

3구!

잔뜩 긴장한 그랜달이 운비를 노려보았다.

거푸 두 개의 포심이 꽂혔다. 그렇다면 이번 공은 체인지업이 들어올 가능성이 높았다.

'체인지업, 체인지업......'

컨디션이 나쁘지 않은 운비. 그랜달은 눈도 깜빡이지 않으며 3구를 기다렸다.

"......!"

눈앞으로 날아온 건 커브였다. 스마트한 류연진이 즐겨

쓰던 투구 기법. 때로는 체인지업으로, 때로는 커브 비율을 높이며 쏠쏠한 재미를 보던 류연진. 커터와 포심을 주 무기로 삼는 빅 유닛 운비가 그걸 벤치마킹할 줄은 몰랐던 그랜달이었다.

"스뚜아웃!"

공 꽂히는 소리와 함께 주심의 액션이 그라운드를 울렸다. 어이없게도 루킹 삼진이었다.

'진짜 위닝샷이란……'

운비는 로진백을 만지며 뒷말을 이었다.

'타자와 상황을 가리지 않는 법.'

그래.

그래야 진정한 베스트 스터프, 위닝샷이지.

"와아아!"

브레이브스 홈 팬들이 열광했다. 정강이 부상을 염려하며 조바심을 내던 홈 팬들. 운비의 포심 쾌투에 이어 삼진까지 나오자 말끔히 우려를 씻어냈다.

그 기세로 곤잘레스를 잡았다. 투아웃 이후에 들어선 건 마이너리그에서 올라온 윌슨 베링거. 다저스의 팀 내 유망주 1위였다. 이즈음 양키스에도 유망주 빅 유닛이 돌풍을 일으키고 있었다. 빅 리그에서 운비 다음으로 키가 큰 선수. 그는 시들어가는 양키스 타선을 달구며 양키스 팬들의 희망으로 우뚝 섰다. 그 정도는 아니지만 베링거도 그랬다. 주의할 선수였다.

'커터!'

플라워스는 커터를 주문했다. 운비가 부응하자 베링거의 방망이가 나오다 멈췄다. 포심을 예상했지만 코앞에서 꺾여 버린 공. 베링거는 알았다는 듯 고개를 끄덕였다.

2구도 커터였다. 마이너라면 오히려 패스트 볼이 빠른 선수들이 많았다. 때로는 160㎞/h를 넘는 구속도 흔하게 나온다. 그들의 문제라면 제구. 그러니 눈에 익은 포심이나 투심보다는 그 비슷하면서도 각이 다른 커터가 효과적이었다.

짝!

두 번째는 베링거의 방망이가 나왔다. 배트는 부러지고 공은 운비 앞으로 굴러왔다. 운비가 공을 잡아 1루의 프리먼에게 던져주었다. 쓰리아웃으로 공수 교대.

1회, 불의의 해프닝을 이겨낸 운비, 2, 3회도 삼자범퇴로 다저스 타선을 막았다. 류연진도 그랬다. 2, 3회, 매번 주자를 내보내기는 했지만 뛰어난 위기관리 능력을 보여준 것이다.

잔잔하던 파도는 4회에 기어이 운비를 덮쳤다.

타순이 돌아 다시 톨레스와 맞이한 운비. 볼카운트 1—2로 유리하게 이끌고 갔다. 그리고 선택한 것은 벌컨 체인지업 위닝샷.

톨레스의 방망이가 빗맞으면서 공은 3루수 가르시아 앞으로 굴렀다. 타구가 강하긴 했지만 평범한 땅볼. 가르시아가 포구 실수를 저질렀다. 서두르는 바람에 글러브에 들어간 공을 흘려 버린 것. 연계 동작이 좋아 승부가 될 만했지만 어이없는 악송구가 나와 버렸다.

신성시력의 예감이 들어맞는 순간이었다.

2번으로 나온 시저는 뜻밖에도 희생번트로 나왔다. 프리먼이 잡아 베이스 커버에 들어간 운비에게 던져 아웃 카운트 하나를 잡았다.

원아웃에 2루.

터너가 타석에 서자 벤치의 사인이 나왔다.

'걸러라.'

고의사구.

원하는 그림이 아니었지만 따라야 했다. 벤치에서는 최근 타격감이 불타는 터너에게 부담을 느낀 모양이었다. 플라워스가 일어나 공을 받았다. 터너는 걸어서 1루로 나갔다.

원아웃에 1, 2루.

4번 타자 그랜달과는 초구 포심과 2구 체인지업 헛스윙을 묶어 투낫씽을 만들었다. 거기서 버리는 공으로 던진 커브가 먹혔다. 주심이 스트라이크아웃을 선언한 것. 그랜달은 불만이었지만 판정이 바뀔 리는 없었다.

문제는 곤잘레스였다. 그는 초구로 들어온 포심을 노리고 받아쳤다.

짝!

소리를 듣는 순간 운비의 시선은 인시아테 쪽으로 향했다. 인시아테는 전력 질주로 펜스까지 치달았다. 왼발로 펜스를 짚으며 도약했지만 공은 좌측 펜스를 넘고 말았다.

"아, 아!"

중계석의 폼멜은 실신 직전이었다. 가르시아발 초대형 사고였다. 주자 세 명이 나란히 홈을 밟았다. 곤잘레스는 우아한 세리머니를 하며 동료들의 환영을 받았다.

"호투하던 황, 실책에 홈런을 내주고 맙니다."

"아쉬운데요? 하지만 타자가 워낙 잘 쳤습니다."

"다저스 타선 역시 무섭군요."

"하지만 황, 실망할 거 없습니다. 이 3점은 황의 자책점이 아닙니다."

"그렇죠. 하지만 스코어보드에는 틀림없이 3이 찍혔습니다."

"말씀드리는 순간, 베링거를 삼진으로 돌려세우는 황입니다."

"좋습니다. 맞은 건 어쩔 수 없는 거고 그다음 투구가 중요하죠. 황은 아직 건재합니다."

중계석의 멘트와 함께 운비는 마운드를 내려왔다.

"Sorry."

가르시아가 손을 들어 보였다.

"괜찮아요. 다음에는 제가 더 잘 던지면 되죠."

운비가 웃었다. 실점 때마다 수비를 탓한다면 공을 던질 수 없었다.

4회의 악몽.

그건 류연진도 다르지 않았다. 5번으로 나온 스완슨에게 2루타를 허용한 류연진. 알비에스를 체인지업 삼진으로 잡았지만 플라워스에게 한 방을 먹었다. 풀카운트까지 가는 실랑이 끝에 우중월 투런 홈런을 허용하고 만 것.

3 대 2.

게임은 바야흐로 재미난 형국으로 접어들고 있었다. 더 재미난 건 운비의 타석이었다. 가르시아의 중견수 플라이 아웃 이후에 방망이를 잡은 운비. 류연진과 두 번째 대결을 벌이게 되었다. 앞선 타석에서는 유격수 직선타로 물러난 운비였다. 이번에는 담담한 시선으로 류연진의 공을 기다렸다.

빡!

초구는 체인지업이었다.

뻑!

2구는 커브였다.

뻑!

3구는 슬라이더가 들어왔다.

볼카운트 2—1.

신성시력 덕분에 구종과 코스를 볼 수 있는 운비.

'이번에는 패스트 볼.'

자신도 모르게 왼손 근육에 힘이 들어갔다. 4구는 과연 포심이었다. 뒷다리에 힘을 받친 운비가 제대로 밀었다.

짝!

류연진의 패스트 볼 스피드는 위력적이지 않았다. 그렇기에 공은 좌익수 앞에 떨어졌다. 이번에는 운비의 승이었다. 운비가 1루 베이스를 밟자 류연진이 웃었다. 한국의 팬들에게는 또 하나의 화제가 되었을 장면이었다.

그런데, 타격이라면 류연진도 운비에게 밀리지 않았다. 이어진 5회였다. 최근 타격감이 엉망인 푸이그가 제대로 한 건을 올렸다. 운비의 커터를 밀어 3루수 키를 넘겨 버린 것. 부러진 방망이가 만들어낸 행운의 타구였다.

이번에도 가르시아였다. 4회 실책이 마음에 남은 건지 또다시 실책성 플레이가 나왔다. 다음 타자 유틀리의 땅볼을 몸을 날려 잡았지만 이후 플레이가 좋지 않았다. 결국 공을 던지지 못하면서 주자가 모두 살아 노아웃 1, 2루가 되고 말았다.

이 상황에서 운비와 류연진이 만났다. 다저스 벤치의 선택은 거의 당연히 번트. 류연진은 초구 번트에 실패했다. 방망이를 빼지 못해 원 스트라이크를 먹었다. 2구에 배트를 댔지만 공은 포수 뒤로 넘어가 버렸다.

투낫씽!

다저스 벤치는 번트사인을 거둬드리고 류연진의 재량에 맡겼다. 체인지업을 골라낸 류연진. 위닝샷으로 들어간 157㎞/h짜리 포심을 두들겼다.

짝!

소리와 함께 공이 쭉 뻗어나갔다. 리베라 앞이었다. 순간 운비의 표정이 어두워졌다. 가르시아와 함께 컨디션이 좋아 보이지 않는 리베라. 펜스를 향해 전력 질주로 달리다 걸음을 멈췄다. 운비의 우려대로 타구 판단을 잘못한 것이다. 그대로 질주했으면 잡아낼 수도 있는 공. 리베라는 펜스 플레이로 공을 잡아 홈을 향해 뿌렸다. 그사이 유틀리가 홈을 파고들었다.

"아아, 저건 좀 무리인데요?"

중계석의 목소리가 높아졌다.

"그렇습니다. 우익수 리베라는 디펜시브 런 세이브 부분에서……?"

해설자의 말이 거기서 끊겼다. 평소에는 빨랫줄처럼 홈을 향하던 리베라의 공이 한참이나 빗나갔기 때문이었다. 유틀리는 여유있게 홈인을 했다. 류연진의 2타점 2루타였다.

스코어 5 대 2.

눈에 보이지 않는 실책으로 어깨가 무거워지는 운비였다.

하지만 어둠 다음에 오는 건 밝음. 나머지 카운트를 잡아내자 브레이브스 타자들이 반격에 나섰다.

6회 말.

이번에는 류연진의 악몽이 시작되었다. 그 악몽의 발단은 주심의 볼카운트 하나였다. 2—2에서 들어간 류연진의 커브. 기가 막힌 각을 보이며 떨어졌다. 그걸 주심이 외면했다. 결국 류연진은 플라워스에게 볼넷을 주고 말았다. 다음 타자는 오늘 수비가 좋지않은 가르시아를 대신해 들어온 피터슨이었다. 그 또한 내야안타로 살려 보냈다.

노아웃 1, 2루.

브레이브스 벤치도 운비에게 번트를 지시했다. 운비는 2구를 굴려 임무를 완수했다. 한 방을 노리고 들어온 인시아테는 우익수 플라이로 막았다. 2루 주자가 3루에 들어갔지만 아웃 카운트는 두 개로 늘었다. 류연진의 운은 거기까지였다. 이어 들어온 신인왕 후보 리베라에게 좌측 스탠드 상단을 때리는 초대형 홈런을 허용한 것.

3점이 올라가며 게임 스코어는 원점으로 돌아가고 말았다.

"……!"

류연진이 강판당했다. 운비의 심장이 출렁 내려앉았다. 누가 이기든 9회까지 가고 싶었던 게임이었다. 그런데 여기서 종지부를 찍는 것이다.

5 대 5.

달아오른 브레이브스의 방망이는 그때까지도 식지 않았다. 3번 켐프가 들어와 백투백 홈런을 날린 것. 분위기는 단숨에 브레이브스로 넘어왔다.

운비는 8회 원아웃까지 잡고 마운드를 내려왔다. 스코어는 여전히 6 대 5. 자책점은 2점. 운비는 승리투수의 자격을 갖췄다. 물론 그 과정은 험난했다. 부상을 딛고 올라온 콜론이 구위점검차 등판했지만 시작이 좋지 않았다. 첫 타자는 몸에 맞는 공을 주고, 두 번째 타자는 볼넷을 주었다.

원아웃 1, 2루.

마무리는커녕 자칫하면 역전을 당할 판이었다. 이어진 타자 하나를 잡아 숨을 돌리나 싶었지만 다음 타자에게 다시 볼넷 허용. 콜론은 투아웃 만루를 채워놓고 마운드를 내려갔다. 브레이브스 벤치는 승부를 걸었다. 거기서 수호신 존슨을 올린 것. 존슨은 초구 플라이로 타자를 잡고 이닝을 종결했다. 과연 수호신다웠다.

내침 김에 존슨은 9회에도 위력을 뽐냈다. 투아웃 이후에 베링거에게 안타를 내주었지만 성질 급한 푸이그를 삼진을 잡으며 후반기 첫 세이브를 올렸다. 운비의 10승이 달성되는 순간이었다.

10승!

무려 10승이었다.

3. 와일드카드를 잡아라

늦은 밤, 조촐하게 운비의 10승을 축하하는 자리가 열렸다.

보젤도 오고 메켄지도 왔다. 스칼렛은 당연히 참석했다. 스니커와 헤밍톤의 스태프에 더해 리베라 등의 절친도 자리를 메워주었다. 물론 차혁래와 리사도 동석했다. 그 자리에서 윤서가 인시아테에게 물었다.

"오늘 운비 자책점이 왜 2점이에요? 쓰리런 홈런에 2타점 적시타를 맞아 5점을 내줬는데?"

"아, 그거요?"

"자책점 계산이 잘못된 거 아닌가요?"

"2점이 맞아요. 앞선 쓰리런 홈런은 황의 잘못이 아니거든요."

"그러니까 왜요? 실책이 있었다지만 홈런은요?"

"이렇게 보면 되요. 일단 첫 주자가 에러로 나갔죠? 그건 황의 잘못이 아니죠?"

"그건 나도 알아요."

"그다음 타자는 희생번트… 거기서 아웃 카운트가 하나 올라갔죠?"

"네."

"마지막으로 그랜달을 삼진으로 돌려세웠죠? 그것까지 연결하면 쓰리아웃이잖아요? 에러가 없었다면 말입니다."

"응? 이해가 되는 것도 같고 아닌 것도 같고 알쏭달쏭?"

"간단히 말해서 이런 겁니다. 실책으로 원아웃, 희생번트로 투아웃, 삼진으로 쓰리아웃. 그렇게 끝났을 경기가 에러로 홈런까지 연결된 거니 투수의 책임을 묻지 않는 거죠."

오늘 경기의 도우미 리베라가 간단하게 정리해 주었다.

"어이, 리베라. 이럴 때는 좀 잠자코 있으면 안 돼? 나도 점수 좀 따려는 판에 말이야……"

"점수를 따려면 나처럼 점수를 내줘야죠."

"그놈의 홈런 많이도 우려먹네?"

"플라이 친 사람하고는 퀄리티가 다르니까."

"헤이, 리베라!"

괜히 자백하는 인시아테에게 운비가 맥주병을 건네주었다.

10승!

자축의 의미로 운비도 한 병은 비웠다. 상당수 선수들이 걸리는 깔딱 고개 아홉 수.

서울을 떠날 때 방규리도 그걸 걱정했지만 한 방에 넘은 운비였다.

"그나저나 황운비."

다시 윤서가 도끼눈을 치켜떴다.

"Why?"

"너 류연진에게 일부러 안타 맞은 거 아니야? 체면치레하라고."

"미안하지만 그런 여유는 없거든."

"뭐가 아니야? 류연진, 네 멘토였잖아? 누가 모를 줄 알아?"

"멘토도 타자로 만나면 그 순간만은 적이거든요?"

"내가 볼 때는 황과 윤서가 적 같다니까."

구석 자리에 있던 리사가 웃었다.

"맞아요. 우리 누나랑 나랑 적이에요. 말만 남매지……."

운비가 맞장구를 쳤다.

"아무튼 오늘 한국은 난리가 났습니다. 류연진 선수가 진건 좀 아쉽지만 이만한 매치가 없거든요. 초 공격에도 한국인 투수, 말 공격에도 한국인 투수. 게다가 이따금 그 투수들이 타자로까지 들어와 준 데다 안타까지 쳤으니……."

차혁래도 함께 분위기를 띄웠다.

"자자자, 이대로 밀어붙이죠. 우리 황의 20승을 향해!"

리베라가 잔을 들었다.

"너무 오버 아니야? 그럼 네가 노리는 신인왕 자리를 황에게 넘겨줘야 하는데?"

스칼렛도 한마디를 거들었다.

"천만에요. 내가 홈런 30개를 치면 되잖아요?"

리베라는 지지 않았다.

"아, 스칼렛. 이번 황의 10승을 기념해서 황을 브레이브스로 데려온 스칼렛을 특집으로 인터뷰하고 싶은데 허락해 주시겠습니까?"

차혁래는 좋아진 분위기를 놓치지 않았다.

"어머, 그거 내가 먼저 생각한 건데?"

리사가 펄쩍 뛰었다.

"아, 소외감 느껴지네. 여긴 오나가나 황 얘기뿐이니……."

리베라 옆에 있던 프리먼이 볼멘소리를 냈다.

"하하핫!"

참석자들이 웃었다. 행복한 파티는 그렇게 깊어갔다.

10승!

후반기 첫 경기를 건진 운비.

잠자리에서도 그 승수를 되뇌었다. 운비의 시선은 핸드폰에 있었다.

거기 들어온 장리린의 문자와 사진 때문이었다.

사진 속의 장리린은 꽃을 내밀고 있었다. 운비도 내밀었다. 사진에 내민 운비의 입술은, 정확하게 장리린의 입술에 닿았다.

잠이 잘 올 것 같은 밤이었다.

10승…….

＊   ＊   ＊

후반기 리그는 빨리 흘러갔다.

운비는 8월 말, 다시 10일짜리 DL에 올랐다. 이번에도 발목 문제였다.

투수 앞 땅볼을 잡아 송구하던 중에 가벼운 부상을 입은 것.

그래도 꾸준한 호투를 발판으로 15승을 챙겼다.

이때까지 ERA는 2.88을 찍고 있었다. 신인왕은 점입가경으로 들어가 있었다. 운비와 경쟁하는 투수들 역시 후반기

피치를 올렸다.

—말린스, 토마스 가렛 11승 ERA 2.59.

—브레이브스, 황운비 15승 ERA 2.88.

—다저스, 루이 조나단 14승 ERA 3.12.

—컵스, 제레미 세레비노 12승 ERA 3.34.

투수들 외에 타자들 역시 뒤지지 않았다. 특히 리베라가
그랬다.

리베라의 타율은 0.338이었고 수비기여도와 OPS등의 기
록도 좋았다.

아쉬운 건 스완슨이었다. 시즌 초반, 신인왕이 유력시되
던 그는 여름 이후로 컨디션이 흔들리며 타율이 0.288로 주
저앉았다.

그 또한 결코 나쁜 성적이 아니었지만 리베라와 보예스
등에 비교 대상이 아니었다.

황운비.

가렛.

조나단.

리베라.

내셔널리그의 신인왕은 4파전으로 좁혀졌다.

후반기가 무르익어 갔다.

후반기 내셔널스의 기세는 무서웠다.

브레이브스도 4연승 5연승을 올리며 추격했지만 지구 1위를 탈환하지는 못했다.

가을이 가까워지면서 브레이브스의 전략은 와일드카드로 바뀌었다.

10일 동안 벌어진 내셔널스와의 6연전 때문이었다. 메츠와의 3연전을 사이에 두고 벌어진 6연전에서 브레이브스는 3승 3패로 호각을 이루었다.

그래도 아쉬움이 많은 경기였다.

첫 3연전을 스윕으로 장식하고 나중 3연전을 스윕 패를 당한 것.

완전히 극과 극을 달린 게임.

나중 3연전이 아쉬웠다. 세 경기 다 아슬아슬하게 내준 게임인 까닭이었다.

하지만 내셔널스는 중간에 벌어진 필리스와의 3연전을 스윕으로 장식하며 6승 3패를 올렸고 반대로 브레이브스 위닝 시리즈에 불과해 5승 4패. 승차는 4게임으로 벌어지게 되었다.

남은 건 말린스와의 4연전.

서부지구 2위 자이언츠와 와일드카드를 다투는 브레이브

스 입장에서는 최소한 3승 1패가 필요했다.

시나리오가 맞아떨어지면 승률에서 소수점 둘째 자리에서 앞서 카디널스와의 와일드카드 결정전에 나갈 수 있었다.

포스트 시즌 진출.

브레이브스로서는 격세지감이었다. 1990년대 빅 리그를 지배하던 브레이브스. 가까워진 그때의 꿈을 포기할 수 없었다.

최소한 3승.

하지만 말린스 역시 만만치 않았다. 그들은 최근 5연패를 당한 형편.

내년을 위해서도 브레이브스를 상대로 유쾌한 시즌 마무리를 할 생각이었다.

말린스는 총력전 체제를 선포했다.

1, 2, 3차전에 원투펀치도 모자라 쓰리 펀치의 등판을 예고한 것이다. 특히 그들의 3선발은 토마스 가렛이었다.

개막 직후에 혜성처럼 등장해 리그를 뜨겁게 달구고 있는 슬로우 피처 가렛.

브레이브스 역시 총력전이라지만 불펜이 넉넉한 말린스였기에 3승은 쉽지 않은 목표였다.

그 1차전을 준비하던 날 스니커가 운비를 불렀다. 그 자리에는 단장과 헤밍톤도 배석하고 있었다. 스니커가 담담한 목소리로 물었다.

"말린스가 올 걸세."

"예."

"한 게임 던져줄 수 있겠나?"

한 게임.

묻는 이유가 있었다.

운비가 어제 메츠와의 시즌 고별전에 등판한 까닭이었다. 여기서 운비는 애석하게도 타선의 지원을 받지 못했다. 8회 말까지 1점만 내줬지만 이때까지 타격이 침묵했다.

스코어는 0 대 1.

다행히 9회 초에 상대 에러와 2루타를 묶어 극적인 역전 승을 거둔 브레이브스였다.

"내일 등판하라고 해도 문제없습니다."

운비는 청을 받아들였다. 그들이 모르는 운비의 매직. 기적의 체력 회복율이 있는 까닭에 망설일 이유도 없었다.

1차전은 테헤란.

2차전은 최근 다시 노익장을 과시하는 콜론.

스니커의 구상은 그랬다.

후반기 중반, 흔들리던 테헤란의 어깨는 다시 살아났다. 콜론 또한 복귀 이후에 가장 컨디션이 좋았다. 하지만 남은 두 경기가 문제였다.

토모도 시즌 10승을 채우며 선방하고 있지만 최근 들어 체력 저하가 눈에 띄었다.

지난번 등판에서는 5회까지 7점을 주고 내려가기도 했던 상황.

블레어와 크린트, 딕키 등의 구위도 믿을 만하지는 않았다.

그렇기에 한 게임을 더 확실하게 맡아줄 투수가 필요한 스니커였다. 그래야만 1, 2, 3선발 중에 한 게임을 내준다고 해도 마지막 게임에 승부를 걸어볼 수 있었다.

"고맙네."

스니커가 손을 내밀었다.

"제가 고맙죠. 팀을 위해 기여할 기회를 주셔서."

스니커의 손이 운비 어깨를 짚었다. 우묵하게 깊은 그의 눈에는 운비에 대한 자부심과 신뢰가 가득했다.

1차전.

선 트러스트 구장은 초만원을 이루었다.

인디언 분장을 한 팬들도 많았다. 얼마 만에 꿈꾸는 포스트 시즌 진출이던가?

조마조마, 마치 한국 축구의 월드컵 진출 때처럼 경우의 수를 따져야 했지만 그래도 행복했다.

쉽지는 않지만 3승을 올리면 와일드카드 결정전에 나가는 것이다.

운비를 태운 차가 구장 앞에 섰다. 윌리 윤과, 스칼렛, 윤서가 함께 내렸다.

분위기가 달랐다. KBO의 코리안시리즈가 이런 걸까?

이건 아시안 게임 결승전에서도 느껴보지 못할 장중함이었다.

스탠드는 일찌감치 채워졌다.

클럽 하우스의 분위기도 달랐다.

선수들의 루틴은 변함이 없지만 긴장하는 모습이 역력했다. 그래도 인시아테는 열심히 리크 줄기를 흔들고 다녔다. 정말이지 리크의 행운이 필요한 때였다. 시즌 마지막 상대 말린스…….

그들의 선발은 예견대로 볼케즈였다.

올해 그는 완벽하게 부활했다. 그의 주 무기로 통하는 싱커의 브레이크가 제대로 들은 한 해였다. 덕분에 너클볼까지 살아났다.

어제까지 14승 6패를 찍으며 ERA 3.02를 마크했다. 피안타율도 높지 않았고 볼넷도 많지 않았다.

마운드에 테헤란이 올랐다.

역시 14승 7패의 성적에 ERA 3.22. 피안타율은 볼케즈보다 조금 높았지만 누가 뭐래도 브레이브스의 에이스였다. 운비처럼 화려하지는 않지만 투수 리더로서 212이닝을 소화했다.

슬라이더와 커브에 더해 체인지업 브레이크가 잘 들으며 손색없는 한 해를 보낸 그였다.

더욱이 홈경기에 강한 테헤란. 그렇기에 홈 팬들의 기대는 컸다.

테헤란 VS 볼케즈.

두 에이스는 불꽃 투수전을 펼쳤다. 테헤란의 슬라이더는 가로세로 구분 없이 떨어졌고, 볼케즈의 싱커 또한 이상적인 코스로 들어왔다.

빽!

"스투아웃!"

뻥!

"스투아웃!"

아웃 콜을 외치는 주심의 액션도 함께 바빴다. 관중들의 혼을 뺀 투수전은 8회에서야 끝이 났다. 리베라의 진루가 서막의 시작이었다.

싱커를 커트해 내며 볼케즈와 맞선 리베라. 장장 10구까지 가는 실랑이 끝에 볼넷을 얻었다.

그리고… 뒤를 이어 3번 타자로 출장한 브레이브스의 대표 방망이 프리먼. 전 타석까지 삼진만 두 개 먹었던 그의 진가가 거기서 발휘되었다.

짝!

이번에도 투 스트라이크 이후였다.

툭 떨어지는 체인지업에 방망이가 돌았다. 처음에는 외야 플라이 같았지만 공은 쭉 밀려 나갔다.

투런 홈런이 나왔다. 1차전의 향방을 가르는 한 방이었다.

"나이쓰!"

조바심을 내던 스니커의 입에서 먼저 함성이 터졌다. 그가 얼마나 원하던 점수였는지 알 수 있는 장면이었다.

"와아아!"

홈 팬들이 물결처럼 일어섰고…….

"아, 아, 아…….

중계석의 폼멜은 차마 다음 말을 잇지 못했다.

2차전.

백전노장 콜론도 호투했다.

3회 말 한차례 위기가 왔지만 한 점만 내주고 더블플레이로 불을 껐다. 7회까지 2점을 주고 내려가자 필승 불펜이 가동되었다. 이때까지의 스코어는 4 대 2로 브레이브스의 리드. 이 게임 또한 5 대 3으로 잡았다. 다행이 이날 자이언츠가 패하는 바람에 시나리오의 가능성은 완전히 높아졌다.

"황!"

당연히, 구단의 시선은 운비에게 쏠렸다.

"부탁하네."

하트의 목소리는 여느 때와 달리 진지했다. 그런 눈빛은 처음이었다.

그래도 스니커와 헤밍톤은 달랐다.

운비에게 부담을 주지 않았다. 그들의 일상은 루틴 그대로였다. 올해, 브레이브스 마운드의 실질 에이스는 운비였다. 승수와 방어율도 그랬지만 승리 기여도(FWAR) 또한 3.2로 테헤란의 2.8보다 좋았다. 하지만 운비는 아직 루키. 분위기에 휩쓸리지 않고 자기 투구를 할 수 있도록 배려하는 것이다.

3차전.

운비는 늘 하던 대로 등판 루틴을 소화했다. 불펜 투구도 마쳤다.

"레오!"

이마의 땀을 씻은 운비가 레오를 돌아보았다.

"Why?"

"오늘은 뭐 할 말 없어요?"

"없는데?"

"공은요?"

"포심도 좋고 커터도 좋았어. 물론 체인지업도."

"그럼 오늘은 내키는 대로 던져도 되겠네요?"

"당연하지. 황은 우리 에이스니까."

에이스!

그 말이 와닿았다.

사실 레오는 모든 투수에게 그 말을 했다. 불펜 투구를 마치고 나갈 때, 투수들의 기를 살려주었던 것. 그걸 알면서도 오늘은, 새록새록 마음에 닿았다.

—나는 에이스.

—에이스답게 던져야지.

경쾌하게 불펜을 나섰다.

"황!"

운비를 기다리는 건 리사였다. 오늘 같은 날, 그녀가 빠질 리 없다.

"보이나요? 홈 팬들의 열화와 같은 기대."

리사가 스탠드를 가리켰다.

"당연히 보이죠."

"오늘, 우리 브레이브스를 포스트 시즌에 올려놓을 거죠?"

"당연히!"

"상대 선발이 신인왕 경쟁을 하는 토마스 가렛이에요. 한 방 먹여줘야 하지 않겠어요?"

"당연히!"

"보세요. 황의 손……. 이 길고도 독특한 마디의 볼륨이 바로 황만의 커터가 나오는 비결이라고 합니다. 우리 모두의 염원을 담은 볼륨입니다."

"하핫!"

"코리아에서는 필승이라는 걸 '파이팅'이라고 한다면서요?"

"네."

"그럼 다 같이 파이팅 한번 해요."

리사가 주먹을 쥐어보였다. 운비는 리사와 함께 구령에 맞춰 파이팅을 외쳤다.

"파이팅, 황!"

스탠드의 팬들도 동참하며 운비의 승을 빌었다.

더그아웃에서 마운드를 바라보았다. 손에는 콜라가 들렸다. 사실 한두 잔이 아니었다. 하트 단장도 한 잔을 보냈고 스칼렛도 보냈다. 거기에 차혁래와 윤서의 것도 있었다. 윤서의 것은 서울의 방규리 부탁이었다. 중요한 게임에 나가는 아들에게 뭔가 해주고 싶었던 모양이었다.

방규리 젓부터 한 입을 마셨다.

마운드…….

감회가 새로웠다.

운비로서는 정규시즌 마지막 등판…….

이기면 17승을 챙길 수 있었다. 그것 외에도 너무 많은 의미가 걸렸다. 팀의 와일드카드 결정전 진출과 신인상에 대한 강력한 어필…….

황운비 VS 토마스 가렛.

3차전에 나왔지만 원투펀치로 불려도 모자랄 것이 없는 두 루키의 충돌이 시작되었다.

"헤이, 황!"

리베라는 팔뚝으로 운비 목을 휘감은 채 말을 이었다.

"왜?"

"오늘은 말린스 배트를 한 열 개 정도 작살내라고."

"그럼 홈런 몇 개 쳐줄 건데?"

"오늘 황이 이기면 17승… 젠장, 그럼 홈런 두 방은 쳐야 신인왕 경쟁 구도를 이어갈 수 있나?"

"세 방을 치며 네가 유리하지."

"그럼 황은 노히트노런?"

"한번 해볼까?"

"그러자고."

둘은 긍정의 아이콘. 뭘 하든 좋은 쪽으로 쿵짝이 맞았다.

"와아아!"

짝짝짝!

홈 팬들의 불꽃 박수를 받으며 마운드로 뛰었다. 차분하게 매직 존부터 확인했다. 매직 존은 상큼했다.

"……!"

그런데… 수호령이 조금 이상했다. 불안하게 흔들렸다. 그러더니 결국, 운비의 어깨를 가리켰다.

어깨…….

수호령의 돌연한 행동이 불길함을 수반한다는 걸 알고 있는 운비. 하지만 어깨는 아무렇지도 않았다. 아니, 오히려 불펜 연습을 할 때보다 좋았다. 마운드에 서자 기적의 체력 회복율이 작동했는지 어깨가 싱그러워진 것이다.

'징크스 따위는…….'

나쁜 기억은 잊었다.

1, 2, 3회, 운비는 큰 무리 없이 지나갔다. 운비의 폭풍 포심은 약 오른 독사처럼 수직 무브먼트를 일으켰고 커터의 변화각 또한 언터처블에 가까웠다. 상대한 아홉 타자 중에

1루를 밟은 사람은 없었다. 볼넷 하나 내주지 않았으니 이 때까지는 퍼펙트였다.

가렛의 투구도 환상적이었다. 운비와는 극렬한 대조를 이루는 130km/h대의 체인지업과 슬라이더. 그러나 그 또한 미묘한 무브먼트와 브레이크를 가지고 있어 정타가 나오지 않았다.

6회가 되는 동안 가렛이 허용한 진루는 빗맞은 안타 두 개와 볼넷 하나를 묶어 단 세 명. 브레이브스 또한 3루를 밟지 못하고 있었다.

브레이브스의 선취점은 7회에 나왔다. 운비가 타석에서 볼넷을 골라낸 것. 인시아테가 나와 번트를 했지만 코스가 나빴다. 선행주자인 운비가 2루에서 횡사했다. 최악의 결과였다.

원아웃 1루.

리베라가 날린 회심의 일타도 우익수 드렉 스텐톤의 호수비에 막혔다. 공을 쫓아가다 본능적으로 돌아서 뻗은 글러브에 공이 들어가 버린 것. 투아웃이 되면서 득점에 대한 기대가 약해지는 순간, 짝 하는 타격음이 홈 팬들의 신경을 곤두세웠다.

3번으로 나온 프리먼이었다. 초구를 노려 친 게 좌익수 뒤의 펜스로 날아가고 있었다. 일부 팬들이 벌떡 일어섰지만 마지막에 휘었다. 그게 또 너무 아슬아슬해 홈런 판정을 신청하게 되었다.

"파울!"

판정 결과가 나오자 홈 팬들의 한숨은 스탠드를 무너뜨릴 기세였다.

잠시 마음을 정리한 프리먼이 다시 타석에 들어섰다. 2구는 어이없이 높은 공에 손이 나갔다. 많은 타자들은 장타 다음에 적극적으로 변한다. 하지만 프리먼에게 돌아온 결과는 투낫씽이었다. 3구는 팬들의 심장을 또 한 번 오그라들게 만들었다. 슬라이더를 노렸지만 헛스윙을 한 것. 다행히도 공은 홈 플레이트 앞에 떨어졌다. 공 끝을 스친 파울이었다.

다음에 날아든 4구가 운명의 공이었다. 가렛은 작심하고 체인지업을 던졌다. 느리고 느린 체인지업. 반 호흡을 다듬은 프리먼의 배트가 벼락처럼 돌았다.

짝!

소리와 함께 1루수가 펄쩍 뛰었다. 공은 그 글러브를 넘어가 선상에 떨어졌다. 인시아테는 벌써 3루를 돌고 있었다. 수비가 좋은 스텐톤이 홈 승부를 노렸지만 인시아테의 발이 먼저 홈 플레이트를 찍었다.

"와아아!"

홈 팬들이 환호했다. 전광판… 오직 0만 찍혀 있던 그 곳에 1이 찍혔다. 오늘 찍힌 단 하나의 자연수였다.

1 대 0.

단 한 점이 이토록 달콤할 수 있을까? 프리먼은 3루를 파다 아웃이 되었지만 박수를 받기에 충분한 타격이었다.

8회를 막은 운비, 9회가 되자 스탠드가 술렁거렸다.

존슨이냐 운비냐?

팬들의 시선은 그라운드에서 떨어지지 않았다. 이유가 많았다. 첫째는 운비가 호투하고 있다는 것. 오늘 말린스 타자들이 쳐낸 안타는 내야안타 단 하나였다. 둘째는 불펜이었다. 존슨과 카브레라의 구위가 좋다지만 어제 나란히 등판을 했다. 그렇기에 스니커의 용병술이 궁금한 팬들이었다.

거기에 더해 아직도 내려가지 않은 말린스의 투수 가렛. 가렛은 운비와 신인왕 경쟁을 하는 처지였으므로 기대감이 더한 것이다.

"와아!"

잠시 후에 스탠드에 함성이 울려 퍼졌다. 9회 초 말린스의 마지막 공격. 그 유종의 미를 위해 출격한 운비였다.

─완봉!

운비에게는 시즌 마지막 경기였다. 완봉을 한다면 신인왕 경쟁에서 유리한 고지를 점할 수 있었다. 그렇기에 운비를 민 스니커였다.

운비는 그 기대에 부응했다. 선두 타자를 내야 땅볼로 잡고, 두 번째 타자는 3루수 파울플라이로 돌려세웠다. 마지막 타자는 스텐톤. 7구까지 가는 실랑이 끝에 158km/h 포심으로 매조지했다. 삼진. 심판은 시원한 아웃 콜로 삼진에 힘을 실어주었다.

1 대 0.

운비의 완봉이었다. 가렛에게 누가 신인왕에 적합한지 보여준 한 판이었다.

"……!"

운비는 허리를 굽혀 마운드의 흙을 만졌다.

'고마워.'

그 말도 잊지 않았다.

빅 유닛을 꿈꾸던 운비였다. 그렇게 도전한 빅 리그의 첫해. 좌절과 절망, 울분과 회한의 시간도 많았지만 모두 영광의 시간이었다. 그리고, 그 영광은 17승이라는 보석으로 운비 어깨에서 빛나고 있었다.

"헤이, 황!"

외야에서 달려온 리베라가 점프를 했다. 인시아테도 그랬다. 스완슨과 알비에스, 프리먼이 빠질 리 없다. 더그아웃에서 달려 나온 토모와 블레어, 카브레라까지 올라타는 통에 운비는 비명을 지르고 말았다. 그래도 행복했다.

17승.

팀 내 최다승이자 루키 최다승, 아울러 리그를 통 털어도 10위 안에 드는 대기록이었다. 그보다 더 기쁜 건 와일드카드 결정전 진출. 브레이브스의 시즌은 아직 끝나지 않은 것이다.

"와아!"

운비가 일어서자 홈 팬들은 일제히 기립 박수를 보냈다.

운비에게 샴페인이 쏟아졌다. 3연승. 축하할 일이었다. 내일 경기 결과에 상관없이 와일드카드 결정전을 확정 지은 브레이브스였다.

"운비야!"

클럽하우스 앞에서 윤서가 달려들었다.

"아아앙, 몰라, 난 몰라. 가슴이 다 쪼그라드는 줄만 알았어."

그녀의 눈물은 그치지도 않았다. 운비는 윤서를 인시아테에게 넘겨주었다. 그 뒤에 선 스칼렛 때문이었다.

"마시겠나?"

그가 내민 건 얼음이 동동 뜬 콜라였다.

"고맙습니다."

기꺼이 받아 들었다.

"고맙다."

"뭐가요?"

"내 인생의 말년을 행복하게 만들어줘서."

"또 그 소리예요? 우리 야구, 아직 안 끝났어요."

"당연하지. 황은 꼴찌에게 우승을 안겨주는 능력이 있으니까."

"그 말씀은 포스트 시즌이 끝난 다음에 하셨으면 좋았을 걸."

운비가 웃었다. 스칼렛이 차혁래와 한 인터뷰를 빗댄 말이었다. 거기서 스칼렛은, 운비의 특별한 능력(?) 하나를 공개했다. 바로 방금 전에 한 그 말이었다.

─황의 특별한 능력.

─꼴찌 팀에게 우승을 안기는 힘.

그 기사는 리사와 함께 공유되었다. 한국과 미국에서 기사가 나가자 브레이브스 골수팬들이 열광을 했다. 운비의 능력, 그게 바로 브레이브스가 바라는 그것이었다.

"수고했다."

스칼렛이 웃었다.

4차전!

운비는 더그아웃에서 편안했다. 3연패를 한 말린스의 전의는 어제 같지 않았다. 게다가 리베라의 활약도 있었다. 리베라는 시즌 마지막 게임에서 펄펄 날았다.

4타수 4안타에 홈런 두 방, 타점 8개…….

브레이브스가 낸 12점 중에서 3분의 2를 독식한 것이다. 더구나 홈런은 연타석이었다. 브레이브스의 시즌 마지막 경기는 12 대 3의 대승이었다. 승리투수는 토모가 챙겼다.

"우— 우— 우!"

스탠드는 완전한 축제 분위기였다. 마지막 게임 대승에 와일드카드 결정전 진출. 상대가 카디널스건 컵스건 개의치 않는 분위기였다.

이제 그림은 완전히 그려졌다.

〈내셔널 리그〉

동부지구 1위 내셔널스.

중부지구 1위 컵스.

서부지구 1위 다저스.

와일드카드 결정전 진출팀은 브레이브스와 카디널스.

〈아메리칸 리그〉

동부지구 1위 양키스.

중부지구 1위 트윈스.

서부지구 1위 에스트로스.

와일드카드 결정전 진출팀은 인디언스와 오리올스.

내셔널 리그에 비해 아메리칸 리그는 시즌 개막 때의 예상과 다른 결과가 나왔다. 특히 양키스의 리그 1위가 그랬다. 예년에 비해 전력이 약한 것으로 평가받았던 양키스였다. 그런데 단 한 선수가 팀 분위기를 바꿔놓았다. 시즌 초, 전력의 핵으로 꼽는 산체스의 부상으로 대신 땜빵용 루키 애런 조이가 그 주인공이었다.

그는 산체스의 공백을 실력으로 무력화시켰다. 운비처럼 빅 유닛에 속하는 타자. 혜성처럼 양키스의 위기를 구하며 타격 전 부분에 이름을 올렸다.

아메리칸리그 타율 9위, 홈런1위, 타점 공동1위(27개), 장타율 1위(0.818), OPS 1위를 질주하고 있는 것이다. 마치 시즌 초반 거세게 몰아치던 브루어스 테임즈의 열풍이 고스란히 옮겨간 느낌이었다.

이 플러스 요인으로 양키스는 전반기를 버텼다. 이어 산체스까지 복귀하자 강자로 군림하기 시작했다. 그 결과 내년, 혹은 그다음 해를 노리던 우승 반지의 꿈을 앞당겨 품게 된 것이다. 그 애런 조이는 아메리칸 리그 신인상이 유력시 되고 있었다.

내셔널 리그에서는 컵스가 승률 1위이므로 브레이브스, 카디널스의 승자와 디비전시리즈를 갖게 되었다.

컵스 VS 브레이브스와 카디널스 승자.

다저스 VS 내셔널스.

양키스 VS 인디언스와 오리올스 승자.

트윈스 VS 에스트로스.

올해의 빅 리그는 이 여덟 팀의 대전으로 압축으로 좁혀졌다.

이제 운비의 무대는 포스트 시즌으로 옮겨졌다.

4. 언더독의 반란 Ⅰ

카디널스.

우승환이 버티고 있는 팀이다. 부상병동으로 불릴 정도로 부상 선수가 속출하는 팀이라 올 시즌은 고전할 걸로 예상되고 있었다. 하지만 카디널스는 결국 와일드카드를 거머쥐었다.

시즌 초반 삽질하던 걸 고려하면 귀신같이 올라온 것이다.

이 없으면 잇몸으로 버티는 팀. 그 마법의 팀이 바로 카디널스였다. 연패의 고비마다 파울러가 터지고, 4, 5선발도 밥

값을 해주었다.

거포는 없지만 필요할 때는 여기저기서 한 방을 치는 특징도 여전했다. 그렇기에 최근 년도에 팀 홈런 1위를 기록한 적도 있으며, 득점권 타율 메이저 시즌 신기록을 세우기도 했었다.

무엇보다 마운드에 웨인라이트가 버티고 있다.

그는 매년 단골로 사이영상 상위권에 오를 정도의 저력을 가진 투수. 한때 제구가 흔들리며 패스트 볼과 커브 등의 피안타율이 솟구치긴 했지만 큰 경기에 강하다는 건 변하지 않았다.

웨인라이트가 아니더라도 도미니카산 파이어볼러 마르티네스도 철완에 속한다.

평균구속 154㎞/h를 던지는 마르티네스는 싱커와 슬라이더의 위력이 시즌 내내 기세를 더하고 있었다. 거기에 와차와 린도 한몫을 하는 상황…….

장점은 테이블 세터에서도 나타난다.

카디널스의 1, 2, 3번은 리그에서도 손꼽힐 정도로 이상적이었다.

다만 클러치 능력을 갖춘 굵직한 거포가 없다는 게 아쉬움이었지만 경계의 각을 누그러뜨릴 수 없는 일이었다.

운비에게는 우승환의 이름도 찜찜했다.

우승환은 이제 곧 FA가 된다. 거푸 자신의 존재감을 과시하면서 돈과 명예를 거머쥘 수 있는 기회.

카디널스에 남든, 다른 팀으로 옮기든 불꽃 투구를 할 계기로 충분했다.

운비가 카디널스의 멤버들을 공부하는 동안 코칭스태프들은 전략을 숙의하고 있었다.

관건은 선발투수였다.

와일드카드 결정전은 단 한 번, 단판 승부로 끝나는 까닭이었다.

1) 최고의 공.

2) 최고의 컨디션.

3) 상대 전적 감안.

4) 큰 게임의 경험.

몇 가지 기준안이 토의되었다. 세 투수가 후보군에 올랐다.

테헤란.

운비.

콜론.

가장 많은 점수를 받은 순이었다. 테헤란은 1번에서 4번까지의 항목에서 고루 점수를 받았다.

운비는 1, 2번에서 좋은 점수를 받았지만 3, 4번에서 점수를 깎아먹었다. 콜론은 운비와 반대였다. 1, 2번은 별로지만 3, 4번에서 좋은 평가를 받은 것.

결정 권한은 스니커에게 넘어갔다.

스니커는 연습장으로 나갔다.

투수조들이 연습에 열중이었다. 한 해의 농사 색깔을 결정짓는 순간이 왔다. 야구는 투수놀음이라고 선발투수의 중요성은 백번을 말해도 지나치지 않았다. 그러나 감독은 그 다음 순간까지도 염두에 두어야 했다.

와일드카드 결정전에서 이기면 하루를 쉬고 디비전시리즈의 시작이었다.

내셔널 리그의 왕좌 컵스가 기다리고 있는 것이다. 5전 3선승제의 디비전시리즈. 그 또한 첫 게임을 내주면 승산이 낮았다. 그러니 그 첫 게임도 거의 '반드시' 잡고 넘어가야만 했다.

테헤란이냐!

황운비냐!

스니커는 고심했다. 테헤란을 내면 운비가 컵스와의 1차전에 나갈 수 있다. 운비가 와일드카드전에 나가면 그 반대가 되었다.

디비전시리즈…….

스니커가 턱을 짚었다.

루키 황운비…….

투수로서 나무랄 데 없는 커맨드를 가졌다. 신인이면서 신인 같지도 않다. 하지만 디비전시리즈… 이건 다른 경기와 한참 달랐다.

스니커는 산전수전 다 겪은 감독이었다. 정규 시즌 때는 펄펄 날다가 포스트 시즌에 가서 주저앉은 선수는 한둘이 아니었다.

천하의 커쇼도 포스트 시즌에서는 맹물 맛이 나지 않는가?

'카디널스…….'

스니커는 그 이름을 한 번 더 곱씹었다. 브레이브스보다 강자다.

올해 루키들의 활약으로 여기까지 왔다지만 스프링캠프 때만 해도 리그 3위만 해도 좋겠다는 생각을 하던 스니커였다.

결국 스니커는 안전빵을 택했다.

그의 낙점은 테헤란이었다. 팀의 운명을 거머쥔 게임을 운비에게 맡기기에는 운비의 빅 리그 커리어가 너무 짧았던 것.

"테헤란, 황!"

스니커가 두 선수를 불러 세웠다.

"테헤란."

"예!"

"카디널스전 선발이다."

"예!"

"황!"

"예."

"컵스 1차전을 맡는다."

"……!"

운비가 고개를 들었다.

컵스와의 1차전. 그건 카디널스를 제압한 후의 일이었다. 만약 제압한다면, 운비가 1선발, 테헤란이 3선발이다. 디비전 시리즈는 2차전이 끝난 후에 하루 휴식이 있는 까닭이었다.

물론 그 중간의 2차전은 콜론이 가교 역할을 한다. 희망 사항이지만, 최상의 결과가 나온다면 3승으로 컵스를 물리칠 수도 있었다.

하지만, 그 이상적인 기대에는 여러 난관이 기다리고 있었다.

*   *   *

좋았다.

와일드카드 결정전 날, 날씨도 좋고 팬들의 표정도 좋았다. 포스트 시즌의 끄트머리 한 자락을 차지한 브레이브스.

그래도 그게 어딘가? 작년에는 지구 꼴찌를 마크했던 터였다.

운비는 카디널스의 클럽하우스를 찾아갔다. 거기서 우승환과 인사를 나눴다.

"이야, 황운비……."

우승환은 운비를 반겨주었다.

"각오하세요. 테헤란, 컨디션 무쟈게 좋거든요."

"각오야 하고 왔지. 기회만 오면 돌직구 맛을 보여주려고."

"흐음, 선배님 등판 차례는 오지 않을걸요."

우정 어린 신경전이다. 마음으로야 우승환의 등판을 보고 싶지만 그건 브레이브스에게 재앙이었다.

"아무튼 잘해보자."

둘은 서로의 행운을 빌며 헤어졌다. 하필이면 상대가 우승환의 팀. 하지만 한편으로는 즐거운 일이었다.

불펜으로 온 운비는 테헤란의 루틴을 함께 수행(?)했다. 누가 시킨 것도 아니었다.

같이 뛰고, 같이 달리고, 던졌다.

뻑!

뻥!

테헤란의 공에는 힘이 들어가 있었다. 그걸 모를 레오가 아니었다.

"살살…… 카디널스 애들 다 죽일 참이야?"

레오가 웃자 테헤란은 말뜻을 알았다. 테헤란의 공은 조금씩 더 좋아졌다.

플라워스와 스즈키도 일찌감치 나왔다. 오늘의 선발은 플라워스. 그러나 만약의 경우까지 대비하므로 스즈키도 동행이었다. 플라워스는 테헤란의 공을 받고, 스즈키는 운비의 공을 받았다.

운비는 물론 연습 삼아 던지는 공이었다. 거기에 자극을 받은 콜론과 토모도 자리를 함께했다.

올해…….

브레이브스의 팀 분위기는 최고였다.

초반, 토모의 도드라짐으로 다소 엉클어지기는 했지만 운비의 역할 덕분에 융화가 되었다.

선수들 간에 크고 작은 부상이 있었지만 합심하며 잘 넘어갔다.

한마디로 저비용 고효율 구단의 상징이 된 것이다.

취재차 나온 기자들이 놀랐다. 오늘의 선발은 테헤란.

그런데 브레이브스 1~5선발들이 죄다 출격해 있는 것이 아닌가?

테헤란을 제외한 투수들이야 캐치볼 수준이거나 가벼운 몸풀기지만 역할 분담이 뚜렷한 빅 리그에서는 흔한 풍경이 아니었다.

"오늘 무브먼트 장난이 아닌데요?"

운비는 테헤란을 띄웠다.

투수는 자신감이다.

말 한 마디 거들어 도움이 될 수 있다면 못할 이유도 없었다.

불펜 몸풀기가 끝나자 리사가 기다리고 있었다.

"테헤란 선수!"

그녀는 반갑게 테헤란을 맞았다. 묻는 말이야 듣지 않아도 알 수 있었다.

자신 있느냐? 꼭 이겨달라.

그것 말고 또 뭐가 있을까? 막간 인터뷰를 마친 테헤란이 더그아웃으로 향했다.

"황!"

리사가 운비를 불렀다.

"저는 오늘 선발 아닌데요?"

"알고 있어요. 정식 인터뷰가 아니고 사적인 질문이에요."

"차 기자님 이야기요?"

운비가 슬쩍 염장을 질렀다. 두 사람은 점점 가까워지고 있었다. 때로는 키스 장면이 운비에게 목격되기도 했었다. 리사와 차혁래. 함께 선 그림은 나쁘지 않았다.

"여기서 차가 왜 나와요?"

"사적이라기에……."

"오늘 테헤란 컨디션 어때요? 동료 투수가 보기에?"

"좋죠."

"진짜예요?"

"네."

"몇 점 정도 줄 거 같아요?"

"완봉?"

"황!"

"뭐, 8회까지 한 점?"

"팔은 안으로 굽는다더니… 아무튼 듣기 좋은 소리네요."

"진짜라니까요."

"오늘 이기면 컵스와의 1차전에 황이 선발이라면서요?"

"설마 그 인터뷰 미리 하려는 거 아니죠?"

"당연히 아니죠. 차가 말하길 코리아에서는 샴페인을 미리 터뜨리면 김이 샌다고 했거든요."

"오, 한국말 고수……."

"테헤란이 한 점으로 막으면 타자들이 3점만 내주면 안정권이겠네요?"

"그렇다고 봐야죠?"

"신인왕 어떻게 생각해요? 기록들 보니까 황이 다소 앞서 지만 끝까지 경합할 거 같던데……."

"미안하지만 저는 신이 아니거든요. 더구나 제가 뽑는 일 도 아니고……."

"토마스 가렛, 리베라, 오스틴 보스, 페르도 키붐, 제레미 세레비노, 루이 조나단, 조안 톰프슨, 스캇 보예스… 그리고 황……."

"머리 좋으시네요? 전 리베라밖에 생각 안 나는데……."

"내셔널스와 컵스, 다저스의 경쟁자들을 잡으려면 오늘 게임 잡고, 월드시리즈 나가야 해요. 그렇게 되면 신인왕은 브레이브스 집안 잔치가 될 거예요."

"흐음, 갑자기 확 질러가네요? 방금은 카디널스만 잡으면 될 거 같더니."

"어차피 월시 못 나갈 거면 카디널스 잡는 건 별 의미가 없잖아요? 기왕 잡으려면 마지막 몬스터 킹을 잡아야 하고."

"몬스터?"

"게임 퀘스트들이 다 그렇죠? 마지막을 가로막는 건 무 시무시한 몬스터… 그걸 깨야 아이템이 우수수 쏟아지잖아 요."

"테헤란이 첫 단추를 잘 꿸 겁니다. 그렇죠?"

운비는 그 말로 리사의 폭주를 막았다. 디비전과 월드시리즈. 오늘 이 길목을 지나지 못하면 얼씬거릴 수 없는 곳이었다.

더그아웃의 테헤란은 공을 만지작거리고 있었다. 스니커와 헤밍톤은 겉보기에는 여유로워 보였다. 하지만 천하의 리베라도 다소 긴장하고 있는 상황. 운비의 시선이 선발 라인업으로 옮겨갔다.

〈카디널스 스타팅 멤버〉

1번 타자: 스테판 파울러(CF)

2번 타자: 올리버 디아즈(SS)

3번 타자: 조르악 카펜터(1B)

4번 타자: 후안 지욜코(3B)

5번 타자: 크리스 그리척(CF)

6번 타자: 제드 모티나(C)

7번 타자: 제드 피스코티(RF)

8번 타자: 제이미 웡(2B)

9번 타자: 미구엘 마르티네즈(P)

〈브레이브스 스타팅 멤버〉

1번 타자: 인시아테(CF)

2번 타자: 리베라(RF)

3번 타자: 프리먼(1B)

4번 타자: 켐프(LF)

5번 타자: 가르시아(3B)

6번 타자: 플라워스(C)

7번 타자: 알비에스(2B)

8번 타자: 스완슨(SS)

9번 타자: 테헤란(P)

카디널스는 마르티네즈를 선발로 냈다. 웨인라이트의 패스트 볼과 커브가 살아났던 마르티네즈의 싱커와 슬라이더가 더 위력적이라는 뜻이었다.

타순도 위압적이었다. 시즌 중에는 느낄 수 없던 팽팽한 파워가 엿보였다. 특히 리드오프로 나오는 파울러와 3번의 카펜터…….

둘은 카디널스 전력의 절반이다. 파울러의 몸값은 무려 4년에 6,000만 불을 호가하는 움직이는 뱅크… 컵스에서 우승을 이끈 바 있으며 승리 기여도(bWAR)도 리그 4위까지 찍은 선수였다. 투수에 따라 스위치 히터로 들어서며 화려한 베이스 런닝이 돋보이는 리그 최정상권의 1번 타자…….

카펜터도 그리 뒤지지 않는다.

그 역시 조정득점생산력(wRC+) 부분에서 리그 정상권의 사나이. 수비가 다소 빠지는 게 흠이지만 이상적인 3번 타자에 다름 아니었다.

이들의 파워를 이어주는 2번 역할에는 디아즈가 포진을 했다. 그도 지난해 신인왕 투표에서 상위권을 차지한 실력파였다.

파울러+디아즈+카펜터…….

다시 보아도 살 떨리는 1, 2, 3번의 조합이었다.

그에 맞서는 브레이브스도 타선이 많이 조정되었다.

프리먼이 3번으로 나오고 가르시아가 5번으로 올라섰다. 눈에 띄는 건 스완슨이 8번으로 내려갔다는 것.

시즌 종반으로 오면서 스완슨은 힘이 빠졌다.

그나만 막바지 다섯 게임에서 타격이 상승세라는 게 위안이었다.

'테헤란……'

—이겨요.

—우리의 캡틴.

진심이었다.

운비의 비원과 함께 와일드카드 결정전이 시작되었다.

첫 타자는 파울러였다. 그를 바라보는 테헤란의 어깨가

가볍게 진동을 했다.

　모를 리 없을 것이다. 파울러를 어떻게 요리하느냐에 따라 오늘 게임의 윤곽이 나온다는 것.

　"타석에 카디널스의 첨병 파울러가 들어섭니다!"

　중계석은 일찌감치 달아올라 있었다. 이 쉰 목소리의 주인공은 폼멜이었다.

　"첫 대결이 중요합니다."

　오늘의 해설자는 두 명. 큐레이와 심프슨이 나란히 자리를 잡았다.

　"파울러하면 리그 최정상급 리드오프 아닙니까?"

　"테헤란도 리그 정상급 투수죠."

　"황의 등판을 기대하는 팬들도 많았는데요?"

　"오랜만에 맡아보는 가을 야구 향기입니다. 스니커 입장에서는 경험이 많은 테헤란을 선택할 수밖에 없었겠죠. 나쁘지 않다고 봅니다."

　"그렇죠. 이런 빅 매치에서는 역시 경험이 필요합니다."

　"동시에 크레이지 보이가 나와야 유리하죠."

　"브레이브스에서는 오늘, 누가 크레이지 모드에 돌입할까요?"

　"역시 리베라가 1순위죠. 인시아테와 스완슨도 가세할지 모릅니다."

　"아, 단체로 크레이지해지면 좋겠군요. 테헤란 선수가 투구 준비를 하는데요?"

"초구가 중요합니다. 파울러는 출루만 하면 위협적인 선수
니 출루 자체를 막아야 하니까요."

해설자의 말과 함께 테헤란의 초구가 날아갔다.

짝!

파울러의 배트가 돌았다.

공은 3루수 옆을 살짝 비켜 나가며 아슬아슬, 파울이 되었다.

"……!"

지켜보던 운비와 토모가 미간을 찡그렸다. 불안감이다.
군더더기가 하나도 없는 중심 이동이었다.

중심 이동이 잘되면 무브먼트가 좋은 공도 두렵지 않다. 더
구나 파울러가 친 공은 배트의 가장 이상적인 곳에 맞았다.

방망이 끝에서 17㎝ 부근… 타자들이 말하는 '골든 포인
트'를 노린 것이다. 테헤란의 초구는 빠른 포심. 아슬아슬한
곳까지 붙인 후에 배트를 휘둘렀다. 콤팩트의 절정을 보여
준 배팅이었으니 쾌속 스윙과 파워가 없이는 꿈꿀 수 없는
일이었다.

"스윙 죽이는데?"

토모가 고개를 저었다.

"그렇네요."

운비의 목소리는 담담했다.

2구는 슬라이더가 제대로 떨어졌다.

파울러의 배트는 어떻게든 공을 맞추며 또다시 파울을 만들어냈다.

투낫씽!

어쨌든 유리한 고지를 선점한 테헤란이었다.

3구는 커브로 타자를 유혹했다. 자기 존이 아닌 듯 파울러는 반응하지 않았다. 그리고 4구… 다시 날아간 테헤란의 포심이 제대로 통타당했다. 중견수 앞에 깨끗한 안타를 만들며 1루에 출루하는 파울러였다.

배트 끝의 17㎝ 부근, 이상적인 포인트에 맞은 타구는 한마디로 그림처럼 보였다.

2번 디아즈는 운이 좋았다. 3구를 타격하자 스완슨이 깊은 곳에서 겨우 잡아냈다. 공중에서 몸을 돌리며 공을 던졌지만 송구가 살짝 쏠리는 바람에 프리먼의 발이 베이스에서 떨어졌다.

노아웃 1, 2루.

시작부터 위기를 맞는 테헤란. 투구 내용은 나쁘지 않았지만 결과는 좋지 않았다.

타석에는 카펜터가 들어와 있었다. 파울러가 카디널스로 오기 전에는 1번을 치던 타자. 뛰어난 선구안을 자랑한다.

몰아치기에도 능해 심심하면 멀티 히트를 기록하는 타

자…….

1구를 그냥 보낸 카펜터, 2구로 들어온 체인지업을 제대로 노렸다.

짝!

소리와 함께 양 팀 더그아웃이 물결처럼 일어섰다.

'홈런?'

경기장의 모두는 그런 생각을 품었다. 공은 우익수 수비 위치를 넘어 쭉쭉 뻗어갔다. 리베라가 보였다. 딱 한 번 돌아보고는 전력 질주였다.

그의 눈에 펜스가 들어오는 순간, 리베라가 바람처럼 점프를 했다.

"아!"

중계석에서 탄식이 새어나왔다. 공이 그의 글러브 끝에서 튕긴 것. 그러나 리베라의 글러브 콘트롤이 예술이었다.

포기하지 않고 글러브를 내밀어 빠져나가던 공을 거머쥔 것.

낙법으로 착지한 리베라. 두 번을 구르며 공을 켐프에게 던져주었다.

"아아, 아아, 리베라… 아…….."

폼멜이 감탄하는 사이에 해설자들이 뒷 상황을 전했다.

"엄청난 수비가 나왔습니다. 시즌 내내 브레이브스의 오른편 외야를 철옹성으로 지키던 쿠바의 고무공 리베라. 오늘 신들린 호수비로 두 점을 막아냅니다. 1, 2루 주자는 모두 한 루씩 진출했지만 더는 갈 수 없습니다. 리베라… 리베라입니다!"

홈 팬들의 기립 박수를 받으며 리베라가 일어섰다. 그는 인상을 찡그렸지만 이내 손을 들어 보였다. 건재하다는 신호였다.

짝짝짝!

박수는 그치지 않았다. 오죽하면 중계석과 기자석에서도 박수를 보냈다.

호수비가 밥 먹듯 나오는 빅 리그에서도 앞 순위에 꼽힐 명장면이었다.

숨을 돌린 테헤란, 지율코를 6구 삼진으로 잡으며 숨을 돌렸다.

투아웃 2, 3루.

여전히 위기 상황이지만 점수는 허용하지 않은 것이다.

마운드의 테헤란은 4번으로 나온 그리척을 상대했다.

콤팩트한 스윙으로 홈런을 잘 때리는 그리척. 하지만 변화각이 큰 변화구에 약한 게 그였다. 테헤란은 그 약점을 십분 이용했다. 초구는 커브, 2구는 슬라이더, 3구는 패스트 볼… 카운트 1—2를 잡은 테헤란. 4구에서 과감하게 슬라이더 위닝샷을 날렸다.

짝!

둔탁한 타격음과 함께 공이 쭉 뻗어나갔다. 이번에는 좌
익수 인시아테 앞이었다.

쭉 날아오던 공이 돌연 뚝 떨어졌다. 인시아테는 앞쪽으
로 몸을 날리며 글러브를 내밀었다. 원 바운드가 되나 싶었
지만 다이렉트였다.

"아웃!"

심판의 콜과 함께 1회가 마감되었다. 간이 철렁한 이닝이
었다.

테헤란과 달리 마르티네스는 펄펄 날았다. 겨우 3일을 쉬
고 나온 선수 같지 않았다. 인시아테에게 159㎞/h의 파이어
볼을 꽂더니 리베라에게는 161㎞/h의 용암투를 꽂았다. 갈
수록 점입가경, 3번 프리먼은 162㎞/h의 폭풍투에 루킹 삼
진을 당하고 말았다. 프리먼의 이마에는 식은땀이 맺힐 지
경이었다.

"우!"

브레이브스 홈 팬들이 탄식을 쉬었다.

마르티네스는 작은 체구였다. 그 체구 어디에서 저런 파이
어볼이 나오는 걸까? 패스트 볼이 워낙 위력적이다 보니 슬라
이더까지도 위력을 더했다. 본시 유격수 출신이라 수비도 좋

은 마르티네스. 웨인라이트를 제치고 선발로 나올 만했다.

2회 초.

테헤란은 그럭저럭 선방했다.

타자 하나를 볼넷으로 출루시켰지만 후속 타자들을 잡은 것.

겨우 안정이 되나 싶었지만 3회에 또 위기를 맞았다. 원 아웃 이후에 볼넷과 우전안타로 1, 3루를 만들어준 것. 다행히 2루수 알비에스의 호수비가 나와 겟투(Get two)를 엮어냄으로써 간신히 불을 껐다.

그 3회 말, 브레이브스도 득점 기회를 갖게 되었다. 스완슨이 볼넷으로 출루하자 테헤란이 번트를 성공시킨 것.

인시아테가 그라운드 볼로 물러났지만 리베라의 타격은 아쉬울 뿐이었다.

잘 맞은 타구가 파울러의 호수비에 막혀 무위로 돌아간 것. 그 또한 펜스에 충돌하면서까지 잡아낸 공이었으니 리베라의 호수비에 비견될 만한 장면이었다.

4회 초.

테헤란은 그리척에게 장타를 허용했다. 그러나 2루 오버런을 이용한 알비에스의 호수비가 빛을 발했다. 아웃이었다. 그럭저럭 버티던 테헤란, 5회 초의 공세는 끝내 막아내지 못했다.

타순이 두 번이나 돈 카디널스. 선두타자로 나온 건 오늘 잘나가는 파울러였다. 테헤란은 그 기세를 감당하지 못했다.

2구만에 깨끗한 중전 안타를 허용해 버린 것.

이어 나온 디아즈에게는 긴 승부 끝에 볼넷을 주었다. 그리고 카펜터에게 3루 강습 안타를 주면서 노아웃 만루… 최악의 상황을 내주고 말았다.

헤밍톤이 마운드에 올랐다. 그는 테헤란을 안심시켜 주고 내려왔다. 불펜은 3회부터 준비를 하고 있었다.

운비와 토모, 카브레라와 존슨 등. 간단히 말하면 총출동이었다.

호흡을 가다듬으며 지욜코와 마주 선 테헤란. 깐죽거리는 카펜터에게 던진 견제구가 쥐약이었다. 1루수 프리먼의 손이 닿지 않은 것. 3루 주자가 들어오면서 한 점을 헌납하고 주자는 2, 3루로 옮겨갔다.

기분을 잡친 테헤란. 지욜코에게 던진 몸 쪽 승부구가 유니폼을 스치면서 몸에 맞는 공이 선언되었다.

플라워스와 테헤란이 펄쩍 뛰었지만 심판은 요지부동이었다.

카디널스는 제대로 분위기를 탔다. 흔들린 테헤란의 슬라이더를 받아친 그리첵. 알비에스의 키를 넘기면서 우전 안타를 만들어냈다.

리베라가 공을 잡았기에 망정이지 2루 주자까지 들어올

뻔한 안타였다.

노아웃 1, 3루. 게임 스코어 2 대 0.

브레이브스의 절대 위기였다.

"헤밍톤이 다시 마운드로 올라갑니다."

중계석도 덩달아 바빠졌다.

"테헤란을 강판시킬 것 같습니다."

"누가 나올까요?"

"글쎄요. 적어도 6, 7회까지는 버텨줄 것으로 기대했던 브레이브스 벤치로서는 고민이 아닐 수 없을 것 같습니다."

"하지만 교체 타이밍은 맞습니다. 이 게임은 단판 승부니까요."

순간, 홈 팬들 중 일부가 주먹을 쥐며 소리치기 시작했다.

"황, 황!"

그 소리는 이내 물결이 되어 그라운드를 흔들었다.

"황, 황!"

어느새 경기장을 빼곡히 채운 함성… 불펜을 바라보던 폼멜이 소리쳤다.

"아, 황입니다. 황이 등판합니다."

"와아아!"

홈 팬들의 성원과 함께 박수가 쏟아졌다. 벤치의 선택은 윤비였다.

이제 고작 5회. 여기서 카브레라와 존슨을 올릴 수는 없었다. 그렇다면 선택은 하나였다. 컵스와의 대전을 말아먹더라도 황.

그 외에 다른 대안은 없었다.

"황, 황, 황!"

"우— 우— 우!"

운비에 대한 연호와 함께 도끼질 응원이 시작되었다. 마운드를 물려받은 운비가 공을 만졌다. 헤밍톤은 운비의 어깨를 툭 쳐주고 내려갔다.

부탁한다.

그 비원이 담긴 손짓이었다.

"테헤란!"

홈으로 돌아가는 테헤란을 부르는 운비. 테헤란이 돌아보았다.

"걱정 말아요."

"……."

"우린 꼭 디비전시리즈에 나갈 수 있을 테니까요."

운비가 말했다.

테헤란은 주먹을 불끈 쥐어 보이며 운비에게 확신을 실어주었다.

빽!

첫 연습구가 꽂혔다. 155㎞/h였다.

뻥!

두 번째 공이 들어갔다. 159㎞/h였다.

'노아웃 1, 3루······.'

상관없어.

나는 내 공을 던질 뿐.

타석에는 모티나가 들어왔다. 매직 존과 수호령이 보였다. 오늘은 별문제가 없는 수호령이었다. 담담하게 그립을 쥔 운비, 플라워스의 첫 사인을 받았다.

'네가 가장 던지고 싶은 게 뭐냐?'

'당연히 커터죠.'

'그럼 던져. 방망이 몇 개 작살내고 시작하자. 그래야 이놈들 기세가 꺾일 거 같으니.'

'좋죠.'

퀵 모션을 한 운비의 초구가 날아갔다.

짝!

계투로 들어온 투수.

올해 17승을 올린 브레이브스의 원투펀치.

게다가 제구는 정평이 난 상태였기에 초구부터 노린 모티나였다.

배트를 박살낸 공은 운비 앞으로 굴렀다. 3루 주자를 견제하면서 1루에 공을 뿌렸다.

원아웃!

'좋아. 이번 초구는 포심. 네 마음대로 꽂아봐라.'

플라워스의 오더를 마다할 운비가 아니었다.

몸을 뒤튼 운비 무려 158㎞/h의 불꽃 패스트 볼을 꽂아주었다.

쾅!

플라워스의 미트에 천둥이 쳤다. 그건 마르티네스의 파이어볼에 뒤지지 않는 공이었다. 운비에게는 크레이지한 무브먼트가 있기 때문이었다.

"아, 황이 무력시위를 합니다."

폼멜이 비명처럼 소리쳤다.

"그렇습니다. 힘에는 힘… 어린 선수답지 않은 경기 운영이군요. 기가 눌린 브레이브스 선수들을 위해 파워로 맞서는 황입니다."

"2 대 0… 하지만 여기서 막아낸다면 그렇게 먼 점수는 아니죠?"

"당연하죠? 브레이브스 방망이라면 서너 점은 문제없습니다."

"말씀드리는 순간, 피스코티를 루킹 삼진으로 돌려세웁니다."

"커터로군요. 회전수를 최상으로 끌어 올린 구질입니다."

"아… 아… 황……."

중계석의 흥분을 뒤로 한 채 운비는 윙을 맞았다.

투아웃!

한숨을 돌리지 않았다. 아차 하는 순간에 뒤집히는 야구의 흐름.

겨우 급한 불을 껐지만 주자는 여전히 많았다.

짝!

초구 커터는 윙의 배트를 박살 내며 파울이 되었다.

짝!

2구도 커터. 이번에도 같은 결과가 나왔다.

3구…….

'커터!'

운비가 먼저 사인을 냈다.

'원한다면!'

플라워스는 운비를 믿었다.

지금, 누굴 믿을 것인가?

플라워스가 믿어야 하는 건 오직 운비였다. 슬쩍 주자를 돌아본 운비의 공이 날아갔다.

1, 2구와 같은 구종. 홈 플레이트 앞에서 변한다지만 커터가 분명했다. 타구를 모든 방향에 골고루 뿌리는 스프레이 히

터 능력에 콤팩트한 스윙을 갖춘 윙. 그도 오기가 작렬했다.

'루키 따위가!'

배트는 궤적을 따라 제대로 돌았다. 하지만 공은 배트에 걸리지 않았다.

쾅!

미트 소리가 천둥처럼 울렸다. 1, 2구와 같은 공. 그러나 1, 2구와 다른 공. 그 또한 RPM이 만들어낸 마법이었다. 초구와 2구는 1,550대의 회전수. 마지막 3구는 2,700대의 회전수였던 것이다.

"와아아!"

홈 팬들의 함성을 들으며 운비는 카디널스의 폭풍을 잠재웠다. 홈 팬들은 일제히 일어나 기립 박수를 보냈다. 운비가 더그아웃에 들어온 후에도 멈추지 않았다.

"수고했어."

스니커가 다가와 치하를 했다.

"아직 이 게임 끝나지 않았는걸요."

운비는 담담하게 웃었다. 그 미소는 이미 루키의 그것이 아니었다.

5. 언더독의 반란 II

5회 말.

마르티네스의 구위는 죽지 않았다. 오히려 운비에게 한 수 지도하려는 듯 위력을 떨쳤다.

─플라워스 좌익수 플라이 아웃.

─알비에스 삼진.

─스완슨 2루수 땅볼 아웃.

완벽하게 틀어막는 마르티네스. 브레이브스의 방망이는 여전히 무기력했다.

공수가 교대되며 운비가 마운드에 올랐다. 타석에 마르티네스가 들어왔다. 그는 야무지게 웅크린 채 운비를 쏘아보았다.

6회 초.

여기까지는 완벽하게 카디널스의 분위기였다.

그들의 불펜에는 필승 마무리들이 몸을 풀고 있었다. 단판 승부가 되다 보니 7회만 되어도 그 시스템이 가동될 수 있는 일.

로젠탈과 세실에 이어 우승환까지 보였다. 제구력을 향상시키며 특급 조커로 자리 굳힌 로젠탈. 오늘처럼 내야 수비가 안정되면 철벽이 될 세실. 마지막으로 넘사벽의 하나인 우승환…….

생각해 보니 이닝이 많이 남은 게 아니었다.

특히나 단판 승부에서는 뒤로 갈수록 리드를 뺏긴 팀이 어려워진다.

'여기다.'

운비는 승부의 맥을 알았다. 다른 사람은 몰라도 운비는 6회가 승부처였다.

여기서 허덕이는 브레이브스를 각성시키느냐, 아니면 그저 단순한 호투로 머무느냐…….

'후우…….'

호흡을 가다듬은 운비, 마르티네스의 매직 존을 조준했

다. 투수이기에 다른 사람보다 콜드 존이 많았다.

'포심.'

운비의 사인이 나갔다.

플라워스는 반대하지 않았다.

부드럽게 올라간 킥은 팽팽한 파워를 어깨로 밀어 올렸다. 투수에게 있어 한 경기는 하나의 요리 코스. 어떤 때 어떤 음식을 먹고, 어떤 때 어떤 소스를 칠 것인가? 마르네니스라면 단숨에 들이켜야 할 전채였다.

쾅!

포심 하나가 미트에 꽂혔다. 마르티네스의 배트가 미친 듯이 돌았다.

'이 새끼 봐라?'

헛돌아간 방망이 끝에서 날을 세운 마르티네스의 눈동자가 보였다.

똑같은 사인을 냈다.

플라워스가 고개를 갸웃거렸다.

운비는 한 번 더 강조했다. 플라워스가 타임을 걸고 달려 나왔다.

"황."

"저 제정신입니다."

"하지만 위험해. 아무리 투수라지만."

"투수가 아니어도 그랬을 겁니다."

"응?"

"필요해요."

"……."

"정면 승부… 돌아가지 않고 충돌하는 것."

"황……."

"그게 아니면 무슨 재주로 타자들의 파이팅을 불러내겠습니까?"

"……!"

"제가 아무리 호투해도 타자들의 전의가 타오르지 않으면 우리가 지는 거죠?"

"그야……."

"그럼 우리가 승부수를 던져야 하지 않을까요? 플라워스와 내가."

소신을 말하는 운비의 눈동자는 묵직했다.

플라워스는 그제야 운비의 생각을 알았다.

한가운데로 집어넣은 포심. 그것도 모자라 또 집어넣겠다는 운비.

실투가 아니라 의도였다.

위험한 의도… 그러나 성공하면 팀 분위기를 깨울 수 있는…….

"젠장, 한번 해보자고."

플라워스는 포수 자리로 돌아갔다.

'포심!'

그는 주저 없이 사인을 확인했다. 한가운데였다.

"와아앗!"

운비의 2구가 날아갔다.

쾅!

미트에 불이 났다. 마르티네스는 또 한 번의 헛스윙을 하고 말았다.

"……!"

그의 눈에 타오르는 독기가 보였다. 이건 그에 대한 도발이었다.

아무리 투수의 타석이기로 한가운데다 대고 꽂아대는 포심이라니.

그러다 문득 정신이 들었다.

운비의 성향이었다.

그의 포심은 하나가 아니었다. 때로는 구속을 높이고, 또 때로는 회전수를 조절해 타자를 농락했다. 지금까지 꽂힌 두 개는 같은 스피드에 같은 회전수.

그렇다면 이번 3구는 확실하게 변한 '포심'이 들어올 가능성이 높았다.

'당할 줄 알고.'

마르티네스는 마운드를 노려보았다. 그는 원래 유격수 출신. 그때는 타격도 괜찮았다. 그렇기에 맞추는 타격으로 전환을 했다.

짧은 안타를 만들어 운비를 비웃어줄 참이었다.

3구.

'포심!'

같은 사인이 나왔다. 부드럽게 킥킹을 한 운비, 그 손에서 3구가 떠났다.

"읍!"

매의 눈으로 노려보던 마르티네스의 배트가 돌았다. 최대한 붙여두고 치려는 타격이었다. 하지만 배트는 여전히 허무하게 돌았다.

쾅!

벼락 소리와 함께 심판의 콜이 그라운드에 울려 퍼졌다.

"스뚜아웃!"

"……!"

마르티네스는 헛스윙 자세로 멈춘 채 움직이지 않았다.

'아뿔싸!'

같은 공이었다.

153㎞/h에 1,550RPM. 세 공이 똑같은 스피드와 회전수

로 들어왔다. 틀린 것은 자연스럽게 변하는 무브먼트뿐. 운비의 대도박이 통한 것이다.

삼구 삼진. 이때까지도 양 팀 벤치들은 운비의 도박을 몰랐다.

그저 투수의 타석이다 보니 깔보고 그런 거겠지 하는 정도였다.

그들의 경악은 파울러의 타석에서야 시작되었다. 그를 맞이한 첫 투구도 포심이었다. 단지 스피드가 조금 올라갔을 뿐.

'이번엔 커터?'

파울러는 방망이를 조율했다. 오늘 그는 펄펄 날고 있었다. 운비가 자랑하는 커터라고 해도 문제가 없을 것 같았다.

짝!

파울러의 배트가 경쾌하게 돌았다. 공은 1루 베이스 라인 위로 날아가다 살짝 벗어났다. 자칫하면 2루타가 될 배팅이었다.

"······."

파울을 친 파울러가 고개를 갸웃거렸다.

1구는 포심, 그런데 2구도 포심이었다. 무려 다섯 개의 공이 같은 코스에 꽂힌 것이다. 첫 공은 지나쳤지만 이번 공은 명백한 실투처럼 보였다. 조금만 빨리 반응했다면 펜스를 넘길 수도 있었다.

'루키라서 긴장했군. 머리 속이 하얘졌나?'

파울러의 판단은 그랬다. 포스트 시즌 진출을 앞둔 단판 승부였다. 신인이라면 긴장할 만했다.

관록 있는 자의 여유를 되새긴 파울러가 다시 타격자세를 갖췄다.

'오프 스피드 피치 하나 끼워 넣자.'

플라워스가 딴죽을 걸었다. 우겨만 넣기에는 파울러는 위험한 타자였다.

마르니테스와는 차원이 다른 것이다.

'안 돼요.'

운비가 거부했다.

'황.'

'파울러를 맞이하기 위해 마르티네스로 연습을 한 겁니다.'

'……!'

'승부예요.'

'젠장.'

'쫄깃하고 좋잖아요.'

마운드의 운비가 웃었다. 플라워스는 어이상실이었다. 아직 어린 스무 살 운비. 하지만 그 배포는 산전수전 다 겪은 콜론 이상이었다.

'그래… 만약 진다면, 2 대 0으로 지나 3 대 0으로 지나……'

플라워스의 미트가 가운데로 움직였다.

딱 한가운데였다.

'이 승부……'

운비 뇌리에 먼 옛날 김병연의 승부가 스쳐갔다.

양키스의 수호신이었던 잠수함 김병연. 그는 월드시리즈에서 거푸 홈런을 맞았다.

그래도 감독은 그에게 마무리를 맡겼다. 어제도 홈런, 내일도 홈런……. 그때 공 하나하나에 집중하는 그의 생각이 이랬을까?

로진백을 내려놓은 운비, 마침내 3구의 그립을 쥔 채 와인드업에 들어갔다.

"와아압!"

기합과 함께 공이 날아갔다.

3구.

포심이었다.

'미친!'

파울러의 눈가에 회심의 미소가 감돌았다. 이쯤 되면 파울러의 생각이 옳았다.

신인 투수가 자신감을 잃은 것이다. 그렇기에 가장 자신 있는 포심만을 꽂아대는 것이다. 그런 공 따위를 다시 놓칠 파울러가 아니었다.

'땡큐, 루키.'

파울러의 방망이가 자신 있게 돌았다.

따악, 소리와 함께 펜스를 넘어갈 공이었다. 그렇게 되면 3 대 0.

막강 불펜이 대기 중이므로 쐐기를 박는 카운터펀치가 될 수 있었다.

그런데…….

"……!"

공과 배트의 접점에서 들려야 할 소리가 들리지 않았다. 파울러가 후려 팬 건 빈 허공이었다.

쾅!

어깨 뒤에서 천둥이 울렸다. 공이 미트에 꽂히는 소리였다.

"스뚜아웃!"

주심의 콜이 춤을 쳤다. 또다시 삼구 삼진. 이번에는 파울러였다.

'이런 말도 안 되는…….'

파울러의 전율은 그것이었다.

브레이브스의 황운비.

이미 분석하고 나온 바였다.

무브먼트가 불규칙한 포심과 절정의 커터. 실전 적응 연습과 이미지 트레이닝으로 충분한 대비를 했다. 하지만, 그건 그냥 대비에 불과했다.

타석에서 보는 공은 매번 달라 다른 투수의 공을 보는 것만 같았던 것.

어깨가 '뜨끔'해진 운비. 결과를 보고서야 주먹을 불끈 쥐어 보였다.

"아… 아… 황……. 이게 어떻게 된 일입니까?"

중계석의 폼멜은 입을 벌린 채 해설자들을 돌아보았다.

"이거… 실투가 아닙니다. 황의 철저하게 계산된 투구입니다."

"계산된 투구라고요? 배팅 볼처럼 한가운데 던져주는 패스트 볼이 말입니까?"

"저도 처음에는 실투인가 싶었는데 데이터를 보십시오. 전 타석의 마르티네스에게 던진 포심과 파울러에게 던진 공이 다릅니다."

"또 회전수입니까?"

"마르티네스는 아닙니다. 하지만 파울러는 그렇습니다.

세 개의 포심이 극과 극을 달렸습니다."

"극과 극?"

"특히… 스트라이크 아웃을 잡아낸 마지막 3구… RPM이
무려… 무려……."

"무려 얼마라는 겁니까?"

"2,920……."

"2,920?"

"그렇다면 빅 리그 신기록이 될 거 같은데요?"

"바로 그겁니다. 황은 지금, 브레이브스 타자들을 각성
시키고 있는 겁니다. 전장으로 치면 기사들이 적의 예봉
에 막혀 버벅거릴 때 목숨 걸고 앞장선 창병이라고나 할까
요? 그는 화려한 검술이 아니라 우직한 정공법으로 적을 들
이치고 있는 겁니다. 겁을 먹은 기사들에게 용기를 주기 위
해……."

"오 마이 갓. 황… God bless him."

폼멜의 목소리는 더 없이 숭고해졌다. 감히 토를 달 수 없
는 분위기였다.

우!

스탠드는 고요했다.

운비의 의도를 알아챈 홈 팬들은 기립 박수로 힘을 실어
주었다. 마운드에서 외로이 대도박을 펼쳐가는 빅 유닛. 운

비를 위해 그들이 할 수 있는 일은 그것뿐이었다.

짝짝!

벤치의 스니커도 박수에 동참했다. 헤밍톤도 그랬다. 불펜의 레오도 그랬고 강판당해 나온 테헤란도 그랬다.

"파이팅, 황!"

외야의 리베라가 소리쳤다. 인시아테도 켐프도 동참했다. 그 전의는 내야로 옮겨왔다.

"파이팅!"

"파이팅!"

스완슨의 마음도, 알비에스의 마음도 다르지 않았다.

던져라.

너는 우리의 에이스.

결코 혼자가 아니야.

네 뒤에 우리가 있다.

선수들의 눈빛이 변했다. 힘이 탱탱해진 것이다. 그런데…

프리먼의 눈빛을 본 운비의 얼굴이 변했다.

'뭐야?'

한 번 더 프리먼을 확인했다.

"……."

다시 한번 확인해도 같았다.

아뿔싸, 프리먼…….

문제가 있었다. 아주 큰 문제……

다음 타자는 디아즈. 그는 타석의 흙을 골라냈다. 거기서 운비의 사인이 변했다.

'커터.'

'커터?'

플라워스가 고개를 들었다.

'같은 메뉴만 돌릴 수 있나요? 상대방 식성도 생각해 줘야지.'

'오케이.'

플라워스는 또 한 번 현기증이 났다. 정말이지 이건, 루키가 아니었다.

뻑!

1구가 꽂혔다.

짝!

2구는 배트에 맞았다. 하지만 배트가 동강 나며 파울이 되었다.

짝!

3구도 2구와 같은 결과가 나왔다. 디아즈는 배트를 바꿔 들고 들어섰다.

'……!'

4구의 사인을 받은 플라워스는 또 한 번 놀랐다. 이번에도 다치고 따를 수밖에 없는 사인이었다.

펵!

4구의 미트질 소리는 작았다. 그러나 심판의 콜은 가장 크게 울렸다.

"스트럭아웃!"

화려한 콜과 함께 운비가 마운드를 내려왔다. 4구는 벌컨 체인지업이었다. 그것도 구속을 잔뜩 죽인. 주구장창 패스트 볼만 던지던 투수. 놀랍게도 위닝샷으로 김빠진 체인지업을 날린 것이다.

패스트, 패스트, 패스트 다음에 들어온 단 하나의 오프 스피드 피치. 허를 찔린 디아즈는 우두커니 선 채로 당하는 수밖에 없었다.

'마지막 체인지업은 후식이었어.'

그러니 맛이 다를 수밖에.

짝짝짝!

그라운드를 나오는 운비에게 박수가 쏟아졌다.

홈 팬이라면 단 한 명도 빠지지 않은 기립 박수. 의례적으로 보내는 기립 박수가 아니었다.

거기에는 브레이브스 홈구장 중계석의 중계진들 박수도 포함될 정도였다.

6회 말, 타석은 운비의 차례였다. 타석에 나서기 전 프리먼에게 다가갔다.

"프리먼."

"응?"

배트를 만지던 그가 고개를 들었다.

"이런 말 정말 죄송하지만……."

운비는 그의 귀에 대고 낮은 말을 속삭였다. 프리먼의 얼굴은 흙빛으로 변했다. 누구도 모르던 사실을 운비가 알아차린 것이다. 운비는 담담하게 그를 지나쳐 타석으로 걸었다.

투수가 타석에 나서 선두 타자로 시작하는 이닝. 당연히 기대감이 떨어질 수 있었다.

닥치고 출루.

운비의 머리에 든 생각은 그뿐이었다. 그렇게만 되면 인시아테부터 다시 시작이었다. 선행 주자가 운비이니 작전에 제한이 있을 수 있겠지만 한 점 정도는 기대할 수 있는 것이다.

하지만 마르티네스 또한 호락호락하지 않았다.

뻥!

초구가 160km/h을 찍었다.

뻥!

2구도 160㎞/h이었다. 마르티네스는 카디널스 원투펀치 중 하나.

루키인 운비 따위에게 눌릴 생각은 애당초 없었다. 그렇기에 맞불을 놓는 것이다.

너 따위쯤이야.

그 역시 보란 듯이 무력시위로 맞서고 있었다.

1구와 2구.

운비는 그 공이 스트라이크 궤적으로 오는 걸 알았다. 포심인 것도 알았다. 그럼에도 손을 대지 않았다.

투수를 엿 먹이려면 여기서 출발하는 게 좋았다.

물론, 마르티네스의 컨디션이 워낙 좋으므로 실패할 수도 있었다.

'3구⋯⋯.'

공은 슬라이더 궤적이었다.

낮게 깔리며 헛스윙을 유도하려는 유인구. 운비는 뻣뻣이 선 채로 반응하지 않았다.

"⋯⋯!"

마르티네스의 입가에 냉소가 스쳐갔다.

운비는 투수.

그렇기에 선구안으로 골랐다고 생각지 않았다.

운이 좋아 유인구에 넘어오지 않았다고 판단하는 마르티

네스.

4구가 그의 손을 떠났다. 이번에는 가슴과 어깨 사이 높이의 포심이었다.

당연히 움직이지 않았다.

볼카운트 2—2. 쓴 입맛을 다신 마르티네스. 이제는 진짜 베스트 스터프가 들어올 차례였다. 그의 선택은 슬라이더였다.

잔뜩 긴장하던 운비, 공의 변화 각이 무뎌지는 지점에서 배트를 휘둘렀다.

짝!

소리와 함께 3루수가 몸을 날렸다.

공은 그대로 빠져 좌익 선상을 타고 흘렀지만 파울이 선언되었다.

아쉬운 일타였다.

한숨을 돌린 마르티네스. 그러나 6구가 좋지 않았다. 위협구로 몸 쪽에 바짝 붙인 공이 운비의 팔꿈치를 맞춰 버린 것.

팔꿈치를 감싼 채 운비가 쓰러졌다.

"운비야!"

스탠드의 윤서가 벌떡 일어섰다. 관중들의 야유와 함께 스니커와 트레이너가 뛰어나갔다.

"황!"

스니커가 소리쳤다.

"감독님……."

"괜찮아?"

"잠깐만요."

입술을 깨문 운비가 공 맞은 부위를 만져보았다. 짜릿한 통증이 느껴지지만 큰 부상은 아니었다.

"괜찮은 거 같습니다."

"휴우!"

스니커의 한숨은 홈 플레이트를 날려 버릴 정도로 컸다. 왜 아닐까? 여기서 운비가 실려 나가면, 설령 이 게임을 이긴다고 해도 치명타가 될 일이었다.

"와아아!"

짝짝짝!

운비가 일어서자 박수와 격려가 쏟아졌다.

운비는 천천히 1루 베이스에 올라섰다.

원하던 결과보다 나았다.

마르티네스의 기분. 운비가 안타를 친 것보다 더 더러워졌을 것이기 때문이었다.

타석에 인시아테가 들어섰다.

여기서 스니커가 일대 모험을 걸었다. 사인을 받은 운비는 호흡을 골랐다.

정신 줄도 팽팽하게 당겨놓았다.

초구.

운비는 치고 나갈 발에 힘을 주었다.

인시아테의 눈은 직전 타석과 달랐다.

집념과 전의가 반짝거렸다. 어깨와 손목에 흐르는 긴장감도 폭발 직전이었다.

마르티네스의 초구가 손을 떠나자 운비는 미친 듯이 뛰었다. 히트앤드런 작전이 걸린 것이다. 투수 주자를 살리기 위한 스니커의 모험. 동시에 카디널스 쪽에서는 차마 짐작하지 못한 일이었다.

짝!

배트를 맞은 공, 다행히 윙의 다이빙 캐치를 뚫었다.

피스코티가 공을 잡는 사이에 운비는 2루를 돌았다. 그건 예정에 없던 일이었다.

공은 단숨에 중계되었다. 운비는 슬라이딩으로 들어갔다. 양 팀 벤치가 벌떡 일어났다. 관중들의 시선도 한곳에 모였다.

타이밍상으로 보면 아웃. 느린 화면으로 보아도 공이 빠른 게 보였다.

하지만 심판의 판정은 달랐다.

"세잎!"

수평을 가르는 그의 손을 보며 운비가 일어섰다. 그제야 공이 보였다. 공은 글러브가 아니라 운비의 옆구리에 걸려 있었다. 운비와 충돌하면서 글러브의 공이 빠져 버린 것이다.

"와아아!"

홈 팬들은 다시 한번 환호했다.

노아웃 1, 3루.

절호의 찬스를 잡는 브레이브스였다.

카디널스의 투수 코치가 나왔다. 마르티네스를 진정시키고 내려갔다. 이어 나온 타자 리베라를 고의 사구로 내보냈다. 펄펄 나는 신인상 후보.

그보다는 오늘 허덕이는 프리먼과 켐프를 상대하는 게 낫다고 판단한 것이다.

거기서 타자가 교체되었다.

프리먼이 빠지고 맥스 매리트가 등장한 것이다. 매리트는 후반기에 마이너에서 올라온 1루수였다.

수비는 평균이지만 배팅 스피드와 선구안이 좋은 선수. 그렇기에 프리먼의 컨디션이 좋지 않은 날 간간히 출장하고 있었다.

뜻밖의 일에 놀란 건 팬들만이 아니었다.

중계석은 물론이오, 카디널스 벤치도 그랬다.

오늘 안타를 치지 못하고 있는 프리먼. 하지만 브레이브스 전력의 핵이 아닌가? 그런데 새파란 신인으로 교체를 하다니?

오죽하면 중계석은 프리먼의 남모를 부상을 상상할 정도였다.

이유는 운비에게서 비롯되었다.

타석에 들어서기 전, 운비가 그에게 한 말은 컨디션이었다. 프리먼은 오늘 극도로 피곤했다. 하지만 중차대한 경기다 보니 빠질 수도 없었다.

초반 실점도 실은 보이지 않은 그의 에러였다. 컨디션이 좋은 날이라면 문제없이 잡을 수 있는 공들. 하지만 오늘은 몸이 뻣뻣했다.

그걸 운비가 집어낸 것이다. 그랬기에 프리먼, 스니커에게 교체를 요청했다.

이 컨디션으로는 안타를 칠 수 없다는 걸 잘 아는 까닭이었다.

3루 베이스 위의 운비는 프리먼에게 경의를 표했다. 컨디션이 좋건 말건 팀의 기둥이었다. 그렇기에 운비가 개입할 문제가 아니었다.

그럼에도 팀을 위해 운비의 말에 따라준 것에 대한 예의였다.

노아웃 만루.

거기서 매리트가 나오자 마르테니스는 한숨을 놓았다. 중압감부터 프리먼과 달랐다. 노 안타의 프리먼이라지만 언제든 한 방이 나올 수 있는 타자. 그러나 매리트라면 만만해 보였다.

'겟투······.'

마르테니스는 최상의 결과를 머리에 그렸다. 설령 한 점을 주더라도 겟투에 성공하면 브레이브스를 다시 주저앉힐 수 있었다.

아니, 투수가 3루 주자이니 그를 잡아내는 겟투도 가능했다.

뻑!

초구는 159㎞/h짜리 포심이 꽂혔다.

뻑!

2구는 투심. 횡으로 잘 변했지만 홈 플레이트에서 낮았던지 볼 선언이 나왔다.

볼카운트 1—1. 3구로 들어온 파이어볼에 매리트의 배트가 돌았다.

짝!

콤팩트한 스윙과 함께 공이 쭉 뻗어나갔다.

1루수의 점프를 넘은 공은 우익 선상의 라인 위에 떨어졌다.

"와아!"

팬들의 함성과 함께 브레이브스의 폭주가 시작되었다. 운비가 들어오고, 인시아테가 홈을 밟았다.

공이 중계되고 있었지만 리베라의 폭풍 질주를 막지는 못했다.

포수가 태그에 실패한 사이에 매리트는 3루를 밟았다. 그는 거기 서서 두 팔을 쭉 뻗어 보였다. 터질 것 같은 긴장감을 포효로 뿜어내는 매리트였다.

스코어 3 대 2.

지리멸렬한 게임의 분위기를 바꾸는 대역전타였다.

"우— 우— 우— 우!"

당연히 도끼질 응원이 나왔다.

"우— 우— 우!"

운비는 더그아웃에서 호흡을 맞췄다. 리베라 역시 운비와 함께였다.

"역전… 대역전이 나왔습니다."

폼멜의 쉰 목소리는 그때까지도 그치지 않았다.

"아아, 이게 웬일입니까? 기둥 타자 프리먼을 대신해 들어선 신예 매리트가 3루타를 작렬시켰습니다."

"그야말로 스니커의 신의 한 수로군요. 대타 작전은 완전히 성공입니다."

"대타 작전만 그렇습니까? 황을 주자로 두고 히트앤드런 작전을 쓴 건 또 어떻고요? 카디널스 벤치는 핵 펀치 두 방을 잇달아 맞은 표정입니다."

"결국 마르티네스를 내리죠?"

"그렇군요. 웨인라이트가 올라옵니다."

"양 팀의 원투펀치가 나란히 올라오는군요. 벤치는 간이 다 녹고 있겠지만 팬들은 즐거운 날이 아닐 수 없습니다."

"하지만 브레이브스의 기세가 올랐습니다. 웨인라이트도 조심해야 할 겁니다."

"이 기폭제는 역시 황이라고 할 수 있겠죠?"

"그렇습니다. 직전 마운드에서 홀로 외로이 분투한 모습… 그때 브레이브스 타자들의 전의가 타오르기 시작한 것 같습니다."

"게다가 오늘 첫 득점입니다."

"황으로 인해 완전하게 기울었던 분위기 반전에 성공하는 브레이브스입니다. 이거 진짜 애가 타네요. 애가……."

타석에 켐프가 들어섰다. 무사 3루에 주자를 두고 4번 타자. 외야 플라이라도 날려주면 또 한 점이 들어올 상황이었다.

그 자신도 운비에 못지않은 빅 유닛인 웨인라이트. 초구의 선택은 자신의 주 무기인 폭포수 커브였다. 공은 켐프 앞에서야 급격히 떨어졌으니 마치 2층에서 떨어지는 느낌이었다.

짝!

그래도 켐프는 주저가 없었다.

마지막 낙하지점까지 기다린 후에 자신의 스윙을 가져간 것이다.

이번 공은 높았다.

지금까지 브레이브스 타자들의 타격 중에서 가장 높았다. 그리고… 그 공은 예상과 달리 좌중간 펜스를 넘어가 버렸다.

투런 홈런!

긴가민가 바라보던 켐프, 공이 홈런이 된 것을 확인하고서야 런닝을 시작했다.

짝짝짝!

박수의 쓰나미를 타고 다이아몬드를 돌았다.

홈 플레이트를 찍자 그를 기다리는 건 행복한 구타(?)였다. 헬멧이 터질 것 같고 등짝에 불이 나도 좋았다. 마지막에는 운비와 배를 팅기는 세리머니를 했다. 그는 운비의 손을 맞잡고 팬들의 환호에 답했다. 브레이브스 도끼날을 세운 사람. 운비라는 인증이었다.

스코어 5 대 2.

절망이 카디널스 쪽으로 옮겨갔다.

불펜의 우승환과 로젠탈은 멍을 때리고 있었다.

경기는 결국 5 대 2로 끝나고 말았다.

마지막 타자를 맞아 던진 공은 다시 존슨에게 돌아왔다. 투수 앞 땅볼이 된 것이다. 운비로부터 9회에 마운드를 물려받은 존슨. 공 7개로 카디널스의 희망을 잠재우고 말았다.

5 대 2.

천신만고 끝에 브레이브스는 내셔널 리그 디비전시리즈 막차 탑승에 성공했다.

한 편의 드라마였다.

"운비야!"

시합이 끝나자 우승환이 다가왔다.

"선배님!"

"너 진짜……."

우승환이 웃으며 운비 어깨를 쳤다.

"죄송해요."

"아니다. 너희 팀은 올라갈 자격 있다. 너는 물론이고… 축하한다. 승리투수!"

"고맙습니다."

"컵스하고 붙지?"

"예."

"작년도 월시 챔피언⋯⋯."

"그렇더군요."

"그래 봤자 별거냐? 오늘처럼만 해라. 그럼 월시도 품을 수 있을 거다."

"고맙습니다."

"아, 짜식 진짜⋯ 나도 우승 반지 근처에 좀 가나 했더니⋯⋯."

우승환은 아쉬움을 안은 채 카디널스 팀으로 돌아갔다. 그와 동시에 운비 머리에 콜라 테러가 자행되었다. 인시아테와 리베라, 그리고 프리먼 등의 합작이었다.

"야, 리베라."

운비가 소리쳤다.

"아아, 내 탓 말라고. 이건 샴페인이 아니니까 미리 들뜬 것도 아니고⋯ 게다가 프리먼의 제의였거든."

"프리먼?"

"오늘 충고 고마웠다. 아까 그 말이 아니었으면 내가 해결한다고 나갔을 지도 몰라. 그럼 게임 망쳤을 테고."

프리먼이 다가섰다.

"아뇨. 프리먼이 나왔어도 한 방 날렸을 거예요. 그걸 매리트에게 양보한 거죠."

"리베라, 봤냐? 황은 이런 사람이야."

프리먼이 운비를 추켜세웠다.

"예, 예… 오늘은 무조건 황이 최고입니다. 저는 깨갱입니다. 인정합니다."

리베라는 이의를 달지 않았다. 그들의 전의를 깨워준 것. 그게 운비라는 걸 모를 리 없는 리베라였다. 넷은 한 덩어리로 어울려 클럽하우스로 향했다. 클럽하우스 안에서는 승자의 행복한 웃음이 쉴 새 없이 새어 나오고 있었다.

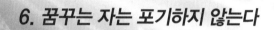

6. 꿈꾸는 자는 포기하지 않는다

"운비야아아앙!"

윤서의 목에서 우는 고양이 소리가 났다. 흥분과 감격이
아직도 가시지 않은 것이다. 그녀는 윤비에게 매달린 채 한
참을 떨었다.

"누나!"

얼마가 지나고 나서야 운비가 입을 열었다.

"왜?"

"인시아테 눈빛이 안 좋거든."

살며시 윤서를 각성시켰다.

인시아테가 거실에 있었다. 윤서를 데려다준다는 미명하에 운비의 집을 침범한 그였다. 하긴 이제 새로운 일도 아니었다.

"그러든지 말든지."

"내가 불편하거든."

"인시아테!"

고개를 돌린 윤서가 인시아테를 불렀다.

"무엇을 도와드릴까요?"

인시아테가 정중하게 답했다. 윤서는 무슨 마법을 가지고 있는 걸까? 인시아테는 윤서 앞에만 서면 순한 양이 되어버린다.

"우리 운비 오늘 잘했죠?"

"최고였죠."

"하지만 첩첩산중이잖아요. 컵스, 그걸 넘으면 다저스와 내셔널스의 승자, 그걸 이기면 아메리칸 리그의 최종 승자⋯⋯."

"빅 리거에게는 최고의 선물이죠. 아직도 할 게임이 남아 있다는 것."

"지금 그 말이 아니잖아요? 우리 운비 어깨를 가볍게 해 달라는 거지."

"황은 잘하고 있습니다. 황이 없었다면 우리는 오늘까지

오지 못했을 테니까요."

"이번 디비전시리즈 말이에요. 인시아테는 타점 몇 개 낼 거예요?"

윤서는 도끼눈으로 변한 채 인시아테를 다그쳤다. 운비는 슬쩍 빠져주었다.

인시아테를 닦아세우는 건 윤서의 취미가 되어버렸다. 그런데도 쩔쩔매며 비위를 맞춰주는 인시아테…….

참 모를 일이었다.

창가로 가서 핸드폰을 열었다. 아까 본 문자를 또 보았다.

—디비전시리즈 진출을 축하해요.

—너무 자랑스러워요. 다들 운비 씨가 야구 너무 잘한다고 난리예요.

장리린의 문자들은 하나하나 별빛처럼 반짝거렸다.

디비전시리즈 진출.

다시 생각해도 꿈만 같았다.

아니, 어쩌면 운비에게 꿈같지 않은 일이 어디 있을까? 테이블에 앉아 게임기를 켰다.

삐빗!

기대하는 소리는 나지 않았다. 한 번 더 해도 결과는 같았다.

게임기를 밀어두고 자료를 집었다.

〈컵스〉

컵스와 타자들에 대한 분석이었다. 윌리 윤이 구단에서 챙겨온 것이다.

마침내 길고 긴 염소의 저주를 풀고 월드시리즈를 가져간 컵스.

빅 리그에는 세 개의 저주가 유명했다.

―밤비노의 저주.

―검은 양말의 저주.

―그리고 염소의 저주.

컵스가 염소의 저주에 빠진 건 반백 년도 더 된 일이었다. 그러니까 1945년, 월드시리즈에 진출한 컵스는 우승의 꿈에 부풀어 있었다.

그때 시아니스라는 팬이 염소를 데리고 홈구장에 등장했다. 그러나 그는 경기장에 입장하지 못했다. 염소 때문에 입장이 거부된 것. 꼭지가 돈 팬은 두고두고 한이 될 저주를 퍼부었다.

"네놈들은 영원히 우승컵을 만져보지 못할 거야!"

그때는 흘려들었던 한마디가 매번 컵스의 발목을 잡았다. 그 저주를 겨우 풀고 월드시리즈 챔피언 반지를 낀 컵스였다.

득점, 수비, 선발 모두 상위 클래스에 속하는 팀. 불펜이 나소 약하다지만 한 해 농사를 잘 지어왔다. 더구나 야수층이 젊었다. 나아가 포지션 파괴 및 공유라는 혁신까지 선도하며 빅 리그를 대표하는 팀.

들은 당연히 월드시리즈 챔피언을 또다시 노리고 있었다.

컵스는 내셔널리그 승률 1위 팀. 따라서 1, 2차전은 컵스의 홈구장에서 치르게 되어 있다.

거의 모든 것이 열세인 브레이브스로서는 또 하나의 난관이었다.

디비전시리즈는 5판 3선승제.

그런데, 가만 돌아보면 재미난 게 있었다. 바로 컵스의 몇년간 성적이었다.

단순 비교에 불과하지만 컵스 역시 월드시리즈를 재패하기 전 몇 해 동안 지구 단골 5위였다. 브레이브스와 같은 형편이었다는 말이다.

그 말인즉, 브레이브스라고 월드시리즈를 품지 말라는 법은 없었다.

더구나 운비에게는, 컵스의 홈구장이 그리 나쁘지 않았다. 이 구장에는 잦은 역풍이 불어 홈런이 많이 나오지 않기로 유명했다.

인시아테나 리베라의 수비를 고려하면 플라이 볼이 나와도 큰 부담이 없었다.

나아가 컵스의 선발진들은 피로가 중첩된 상태, 거기에 불펜도 그리 위력적이지는 않았다.

좋은 것만 생각하니 부담이 살포시 내려갔다.

돌아보니 윤서와 인시아테는 둘이 붙어서 뭔가를 싹뚝거리고 있었다.

아마 리크로 요리를 하는 모양이었다.

하하, 호호!

웃음소리도 들린다. 어쩐지 닭살이다.

둘을 바라보는 사이에 에이전트 쪽에서 전화가 왔다. 한국에서 광고가 줄을 섰다는 소식이었다. 방송 출연 요청도 A4로 몇 장이 될 정도로 많았고 청와대에서도 이번 입국 때는 방문을 요청했다고 한다.

"No."

한마디로 전부 거절했다.

지금은 잿밥에 관심을 둘 때가 아니었다. 나이는 어리지만 운비의 생각은 단호했고, 그 머리에는 야구 외의 것들이 잘 들어오지 않았다. 에이전트는 결국 운비의 뜻을 따를 수밖에 없었다.

다음 날, 브레이브스 선수들은 가벼운 훈련에 임했다. 팀 미팅을 겸한 시간이었다.

이례석으로 하트 단장도 참석하고 구단 고위직들도 자리를 함께 했다.

컵스에 대한 최근 분석 자료가 브리핑되었다. 시즌 막바지 10게임에 대한 통계였다.

9월이 되면서 팀 로스터는 다시 40인으로 늘었다. 그렇기에 구단들은 선수 기용 폭이 넓었다. 컵스처럼 이미 가을야구가 예상되는 팀들에게는 천국의 시간이었다. 그들의 자원을 다 활용해 볼 수 있는 까닭이었다. 하지만 그렇지 못한 하위 팀들은 신인에 대한 배려나 내년도 선수단 운영에 대한 시험대가 될 뿐이다.

컵스는 그들 40인 로스터를 추려 최강의 25인으로 압축할 것이다.

브레이브스 역시 과정은 같지만 유닛이 적었다. 한정된 유닛 안에서 고르다 보니 늘 거기서 거기가 되는 선발 라인이었다.

일단 선발은 1, 2차전까지만 내정이 되었다.

―1차전 콜론.

―2차전 토모.

여기에 블레어와 딕키, 가르시아와 폴티네비즈 등이 유사시를 대비한 출격 대기조가 되었다. 스니커의 구상은 컵스의 홈에서 1승 1패로 균형을 맞추고 홈으로 돌아와 테헤란과 운비를 내세워 두 게임을 잡으면서 챔피언시리즈 진출을 노리려는 것. 구상대로만 된다면야 더 바랄 게 없을 일이었다.

1차전 콜론 VS 앤소니 아리에타.
2차전 토모 VS 페드로 레스터.

채프먼을 포기하면서 조금 얇아진 투수진이지만 아무래도 기울기가 심했다.

1차전 테헤란 VS 레스터.
2차전 황운비 VS 아리에타.

이렇게 맞추어도 기울기에 각이 생기는 건 다르지 않았다.

디비전시리즈에도 끄트머리 한 자리를 잡았지만 어느 팀의 투수진과 비교해도 브레이브스에게 여유는 없었다.

꼭 한 가지, 브레이브스가 유리한 점은 선수들의 패기와 의욕이었다.

지난해 지구 꼴찌. 그러나 올해는 지구 2위로 점프한 단결력과 의욕. 그 영(Young)한 포텐이 터진다면 두려울 게

없는 브레이브스였다.

"헤밍톤."

팀 미팅이 끝나자 운비가 투수 코치를 찾아갔다.

"할 말이 있나?"

투수 운용을 머리에 그리던 그가 고개를 들었다.

"컵스전 말입니다."

"왜? 밑그림은 스니커가 말했을 텐데?"

"혹 구상이 뒤틀리거나 문제가 발생하면 저를 내보내셔도 됩니다. 언제든 등판할 준비가 되어 있습니다."

"황, 말은 고맙네만 무리할 생각은 말게. 자네는 우리 팀의 10년을 책임질 투수야."

"그 10년 동안에 포스트 시즌에 한 번도 못 나갈 수도 있지요."

"그건 그렇군."

헤밍톤은 웃으며 뒷말을 이었다.

"하지만 이 멤버라면 말일세, 콜론과 딕키의 자리를 메워 줄 선발 두 명만 잡으면 내년에도 가능할 걸세. 게다가 내년에도 BFP 프로그램 수료자가 두 명 더 가세하지 않나?"

"콜론과 딕키는 지쳤습니다."

"하지만 관록이 있지. 큰 게임에서는 그게 빛을 발할 때가 많다네."

"어쨌든 문제가 생기면 저를 내보내 주십시오. 연투든 뭐든 다 자신 있습니다."

"황!"

"저도 알고 있습니다. 한 해 무리하면 부상 확률이 무척 높아진다는 것. 하지만 세상에는 예외라는 것이 있지요."

"자네 피는 나노 AI에 탄소섬유질 근육이라도 된다는 건가?"

헤밍톤이 웃었다.

"이미 그런 경험이 있습니다. 스칼렛의 스카우팅 자료에 없었다면 직접 물어보셔도 됩니다."

"자네가 탄소섬유질 근육체라는 거 말인가?"

"어렵게 올라간 포스트 시즌입니다. 제가 할 수 있는 능력 안에서는 후회 없이 기여하고 싶습니다."

"말이라도 고맙네."

"말만이 아닙니다."

"……."

"그럼……."

운비는 인사를 마치고 돌아섰다.

〈기적의 체력 회복률 30%〉

그 매직을 생각하면 1차전부터 5차전까지 쭉 선발로 나가도 될 것 같았다. 하지만 아직 그런 무리수는 둔 적이 없었다.

더구나 여기는 메이저리그.

몸 관리에 철저한 곳이다 보니 그런 등판은 언론의 비판 때문에라도 일어날 수 없었다.

하지만 역시 포스트 시즌이었다.

선발의 한 축을 받치던 딕키는 체력이 바닥세였고 그나마 버티고 있는 콜론도 시즌 초반 같지 않았다. 마음 같아서는 2차전과 4차전 정도를 책임지고 싶은 운비. 그러나 카디널스와의 대전에 계투로 나감으로써 잘해야 3차전이나 4차전 선발이 유력한 지경이었다.

'하지만……'

최악을 그리면 모두 부질없는 짓이었다.

1차전부터 내리 내주면 4차전 따위는 열리지 않는다. 더구나 챔피언시리즈를 생각하면 적어도 4차전 정도에서 마감하는 게 좋았다.

'내 뜻을 전했으니……'

나머지는 코칭스태프가 알아서 할 일. 운비는 조용히 발길을 돌렸다.

창가의 헤밍톤은 운비를 보고 있었다.

연습장으로 걸어가는 운비의 어깨는 듬직해 보였다. 게다가 마음까지 듬직했다. 팀의 어려운 사정을 알고 전천후 등판을 자원한 운비. 자기만 아는 선수들에 비하면 콧날이 찡

할 정도였다.

그러나 말도 안 되는 제의였다.

운비는 이제 고작 20살. 의욕은 불타지만 선수 생명을 망칠 수 있었다.

메이저리그의 통계상, 평균치 이상의 투구를 한 투수는 '대개' 다음 시즌에 부상 병동행이 많았던 것.

동시에 솔깃한 제의이기도 했다.

테헤란과 운비의 원투펀치 무게감은 타 구단에 그리 밀리지 않았다. 하지만 4, 5선발은 많이 밀렸다. 그렇기에 운비가 1차전에 나오고 4차전을 맡아준다면 최상의 전략을 짤 수 있는 브레이브스였다.

생각이 많아진 헤밍톤 뇌리에 스칼렛이 스쳐갔다.

고마웠다.

그가 아니면 어떻게 운비가 브레이브스에 왔을까? 선수를 알아보는 능력도 뛰어나지만 꼭 필요한 팀에 연결해 준 스칼렛이었다. 그러다 문득, 그와 오래 전에 나눈 사적 이야기 몇 마디가 떠올랐다.

"황은 아주 특별하지."

"타자의 콜드 존을 본능적으로 꿰고 있다네."

"연투에도 지치지 않는 특이체질이기도 하네."

연투…….

연투에도 지치지 않는 특이체질…….

스칼렛의 말은 계속 꼬리를 물었다.

"한국 고교야구에서는 아주 흔한 일."

"하지만 다른 투수들은 차이를 보이지. 공이나 투구에서……."

"그런데 황은 그렇지 않았어."

"지쳐 보이다가도 마운드에 서면, 어깨가 싱싱해진단 말이지."

어깨가 싱싱해진다네.

어깨가…….

'말도 안 되는…….'

고개를 저으면서도 궁금해졌다. 헤밍톤은 스칼렛의 번호를 눌렀다.

전화기에서 스칼렛의 목소리가 흘러나왔다.

"이어, 마이 프렌 헤밍톤."

"컵스로 날아갈 준비는 되었습니까?"

"물론이지."

"방금 황이 다녀갔습니다."

"황이?"

"재미난 말을 하더군요."

"뭐라고 하던가?"

"팀이 위기에 처하면 언제든 전천후로 투입시켜 달라고······."

"황이?"

"혹시 기억하시나요? 전에 제게 했던 말··· 황이, 연투를 위해 마운드에 나가면 지쳐 보이다가도 어깨가 싱싱해진다는 거?"

"그야······."

"사실이냐고 묻는 겁니다."

"그건 사실이네. 코리아의 고교야구 대회에서도 국제 대회에서도 몇 번 그랬지."

"재미있군요. 그러면서도 어깨에 부하가 안 걸렸다니."

"성격 탓 아니겠나? 게다가 황은 야구를 위해 태어난 선수니··· 컵스에도 그런 친구가 있지?"

"윌슨 브리안트 말이군요."

"그 친구가 신인상에 이어 그다음 해에 MVP를 먹었나?"

"그럴 겁니다."

"역시 야구 체질들은 뭐가 달라도 다르단 말이지. 하지만 방금 그 말은 가급적이면 머리에서 지워 버리게."

"가급적이라는 단서는 왜 다는 겁니까?"

"그야 판단할 사람은 자네니까."

"권한의 반은 주시는 셈이군요."

"그건 황이 이미 준 거 아닌가?"

"그냥 궁금해서 물어봤습니다. 끊겠습니다."

"그러시게. 나도 가방을 꾸려야 해서……."

전화가 끊겼다.

그사이에 어둠이 내렸다. 헤밍톤은 어둠 속에서 밖을 내다보았다.

운비는 보이지 않았다.

그저 운비가 남긴 말과, 스칼렛의 말이 낮은 메아리를 이루며 귓속에서 윙윙거렸다.

"문제가 생기면 내보내 주십시오. 연투든 뭐든 다 자신 있습니다."

"지쳐 보이다가도 마운드에만 나가면 어깨가 싱싱해진단 말이지."

＊　　　　　＊　　　　　＊

컵스.

그 홈구장이 있는 곳은 윈디 시티(Windy city)로 불린다.

미시간호에서 불어오는 바람 때문이다. 바람은 스포츠 경기에 큰 영향을 미친다. 그렇기에 컵스의 구장에서는 이닝별로 바람을 체크하는 벤치의 광경도 흔하게 볼 수 있다.

특히 필리스의 한 감독이 그랬다.

이 바람은 때로 돌풍이 되기도 한다. 40여 년 전이 그랬다. 시속 45㎞의 광풍이 불어닥친 그날, 그 경기에서 나온 양 팀의 점수는 무려 45점이었다. 심할 때는 홈런 공이 바람을 타고 구장 밖으로 외출(?)하는 진풍경도 나온다.

바람은 바람이다.

제멋대로다.

한 방향으로만 불지 않는다.

외야 쪽에서 불어오면 투수가 유리해지고 반대로 외야 쪽으로 불어나가면 타자에게 절대 유리하다.

또 하나의 변수는 외야의 담쟁이 넝쿨이다.

때로는 공이 담쟁이넝쿨 사이로 숨기도 한다. 하지만 동시에 낭만적인 구장이기도 하다. 바람을 따라 갈매기가 날아오는 것이다.

그 광경은 운비도 경험했다.

올해 컵스와 브레이브스는 일곱 차례 격돌했다. 상대 전적은 4승 3패로 컵스의 근소한 우세.

그 3승은 운비와 테헤란, 그리고 존슨이 챙겼다. 마무리 존슨이 승을 챙긴 건 물론 세이브 덕분이었다.

콜론이 등판한 날 3 대 2의 리드를 안고 나왔다가 두 점
짜리 홈런을 내주고 연장전에서 두 점짜리 끝내기 안타가
나왔던 것.

"와아아!"

구장은 경기 전부터 초만원이었다. 브레이브스의 팬들처
럼 컵스의 팬들도 부풀어 있었다.

상대는 지난 해 꼴찌 팀에다 와일드카드 결정전으로 통해
올라온 팀. 휴식을 취하며 전력을 가다듬은 컵스는 여유가
있었다.

그들의 투수 운용은 완전하게 정상적이었다.

그건 미디어 앞에서도 확인되었다. 컵스의 사령탑은 기자
들의 질문을 비켜가지 않았다. 그들의 마음은 이미, 내셔널
리그 챔피언시리즈에 가 있었다.

뻑!

뻑!

브레이브스 불펜도 슬슬 예열이 시작되었다.

주인공은 노익장의 콜론이었다. 레오는 콜론의 공을 따끈
하게 데워놓고서야 플라워스에게 자리를 양보했다. 운비도
거기 있었다.

처음부터 콜론과 함께였다. 하지만 테헤란은 애틀랜타에

남았다. 그가 약간의 피로를 호소하자 트레이너와 팀 닥터
가 그런 결정을 내렸다. 테헤란도 원하는 바였으므로 나쁘
지 않은 일이었다.

"오!"

마지막 패스트 볼을 잡은 플라워스가 감탄사를 토했다.
구속이 145km/h를 찍은 것이다. 무려 '145'였다.

"오!"

콜론도 함께 감탄을 했다. 이제는 체형이 망가져 'Sexy
Pig'라는 닉네임까지 붙은 콜론.

그는 사실 파이어볼러였다. 한국의 박찬후 선수가 전성기
였던 때, 그는 인디언스의 에이스였다. 160km/h를 뻥뻥 꽂
아대던 강속구 피처였다.

세월은 그의 몸매를 녹슬게 만들었다. 하지만 성적만큼
은 녹슬지 않았다.

그는 지난 4년간 평균 15승을 거두며 제2의 전성기를 구
가했다. 다만 주 무기가 바뀌었다. 불꽃 파이어볼러에서 컨
트롤과 무데뽀 강심장으로 갈아탄 것.

고작 140km/h대의 패스트 볼이지만 그는 기죽지 않는다.
패스트 볼 비율도 줄이지 않고 꽂아댄다. 그러니 무데뽀가
아닐까? 그러나 전문가들은 그 말을 일축한다.

무데뽀가 아니라 제구력 덕분이라는 것이다.

실제로 콜론은 아슬아슬한 존에 걸치는 스트라이크를 던지기로 유명하다.

완전 엣지의 극한이다. 그야말로 제구력의 신이 아닐 수 없었다.

패스트 볼 비율이 많다보니 안타도 많이 맞는다. 그런데 또 신기하게 홈런 비율만은 높지 않았다. 그가 던지는 스트라이크가 존의 극한에 걸치기 때문이다.

존의 최외곽에 걸치는 공들. 이 공을 쳐서는 홈런이 나오기 어려웠다.

한마디로 콜론은 제구력의 마술사였다.

그는 25개 존의 모서리마다 공을 넣을 수 있다. 그렇기에 스니커 감독의 낙점을 받았다. 테헤란이나 운비가 나온다면 좋겠지만 그렇지 않다면야 토모보다는 나은 선택으로 믿은 것이다.

"헤이, 황!"

몸풀기를 끝낸 콜론이 운비를 불렀다.

"네!"

운비가 다가섰다.

푸근한 몸매의 콜론은 아재 같았다. 실제로도 운비에게 이웃 아저씨처럼 정다운 콜론이었다.

"이런 날은 젊은 친구들이 앞장서야 하는데……."

"죄송하게 생각합니다."

"아니, 탓하려는 게 아니야. 황 정도는 던져야 될 텐데 싶은 생각에……."

"잘하실 겁니다. 저보다는 백배 나으신 분이니까요."

"몸무게하고 관록으로?"

"투수에게는 그것도 중요한 덕목이라고 감독님이 그러시더군요."

"내 몸 말이야…"

콜론이 말끝을 흐리며 운비를 바라보았다.

"……."

"올해 딱 세 게임 정도 더 던질 수 있을 거 같아."

'세 게임?'

"그럼 후련하게 은퇴를 할 수도 있지. 반지를 끼고 말이야."

반지!

그제야 감이 왔다.

콜론이 말하는 세 게임은 오늘과, 챔피언시리즈, 그리고 월드시리즈를 뜻하는 말이었다.

"끼실 수 있을 겁니다."

"세 게임은 죽을힘을 다해 맡아보지. 대신 뒤는 황이 책임지라고."

"예."

운비가 대답했다. 콜론이 보내는 비장의 메시지, 운비가 딴죽을 걸 이유가 없었다.

"오늘 불펜에서 같이 뛰어줘서 고마웠어."

콜론은 운비의 어깨를 툭툭 쳐주고 돌아섰다. 뒤태가 실룩거려 웃음이 빵 터질 뻔했지만 참았다. 공은 뒤태로 던지는 게 아니니까.

불펜에 남은 운비는 구장을 바라보았다. 컵스의 홈구장은 축제 분위기였다. 바람은 때때로 변덕을 부리며 그라운드를 휘돌아나갔다.

"콜론 말이야."

레오가 다가왔다.

"정말 대단하지?"

"네."

"황도 저 나이까지 던지라고. 체계적인 훈련에 무리하지만 않으면 못 할 것도 없어."

"그때까지 레오가 제 공 받아주실래요?"

"뭐, 잘리지만 않는다면……."

"오늘 콜론 어때요?"

"좋아. 콜론은 자기 몸을 관리하는 능력이 있으니까."

"반가운 말이네요."

"시작하나 본데?"

레오의 시선이 그라운드로 옮겨갔다. 컵스 선수들이 입장하고 있었다. 운비는 선발 출장 선수 명단을 보았다.

〈컵스 선발 라인업〉

1번 타자: 마이크 슈와버(LF)

2번 타자: 윌슨 브리안트(3B)

3번 타자: 웨이드 리쪼(1B)

4번 타자: 칼 조브리스트(2B)

5번 타자: 페드로 러셀(SS)

6번 타자: 브리안 콘트레라스(C)

7번 타자: 제이크 헤이워드(RF)

8번 타자: 앤소니 아리에타(P)

9번 타자: 자빌러 제이(CF)

〈브레이브스 선발 라인업〉

1번 타자: 인시아테(CF)

2번 타자: 리베라(RF)

3번 타자: 프리먼(1B)

4번 타자: 켐프(LF)

5번 타자: 가르시아(3B)

6번 타자: 폴라워스(C)

7번 타자: 알비에스(2B)

8번 타자: 스완슨(SS)

9번 타자: 콜론(P)

컵스와 브레이브스는 선발 라인업부터 큰 대조를 이루었다. 컵스의 리드오프는 슈와버. 한마디로 전통적인 1번 타자의 개념을 엎어버린 기용이었다.

그들은 오히려, 리드오프라고 알려진 제이를 9번에 놓았다. 그리고 주르륵 이어지는 클러치 능력의 타자들. 1번 타자의 발을 이용해 2루를 노리는 게 아니라 방망이로 '불러들이는' 전략을 가져간 것이다.

거기에 비해 브레이브스 타순은 일반적이었다. 발 빠르고 주루 센스가 뛰어난 인시아테와 리베라의 테이블 세터. 달리 보면 컵스는 그만큼 선수 기용 폭이 컸고 브레이브스는 아니었다.

'그래도 우리는……'

운비는 타석에 들어서는 인시아테를 보며 조용히 웅얼거렸다.

이기고 말 거야.

아리에타의 얼굴은 매끈했다.

시즌 중에 수염을 덥수룩하게 기르던 것과는 딴판이었다. 나중에 알았지만 포스트 시즌에 집중하기 위해 깎았다고 한다. 그에게는 수염의 징크스 따위는 없는 모양이었다. 하긴 아리에타 또한 무지막지하게 버닝한 적이 있었다.

20승을 올리는 동안 0.94의 방어율을 찍었던 경력의 소유자.

그가 품고 있다는 3,000만 불짜리 투수의 꿈은 성공적으로 진행 중이었다.

주 무기는 윈디 무브먼트로 불리는 싱커. 무려 150㎞/h 중반의 구속으로 포심과 같은 스피드를 유지한다. 우타자 바깥쪽으로 엄청나게 휘는 슬라이더와 커브 또한 위력적이다.

스트라이크존의 모서리를 마음먹은 대로 장악하는 제구력은 콜론에게도 뒤지지 않을 투수였다.

주심의 콜과 함께 디비전시리즈가 시작되었다.

아리에타는 서두르지 않았다. 손에 쥐었던 로진백을 톡톡 치다가 놓았다. 배트를 겨누던 인시아테는 뻘쭘했던지, 한 번 더 홈 플레이트를 가늠해 보았다.

그제야 아리에타가 포수 사인을 받았다. 안방을 차지한 건 콘트레라스. 그 역시 수준급의 불방망이를 휘두르는 포수였다.

─포심.

─싱커.

─투심.

어떤 게 들어올까?

초구는 보통 투심이나 싱커를 즐겨 쓴다. 커브를 택한다면 생각이 많다고 봐도 좋았다. 그게 운비가 기억하는 아리에타의 패턴이었다.

인시아테 역시 그걸 모를 리 없었다.

아리에타는 투심과 싱커가 차지하는 비율은 3분의 1정도. 그다음으로 선호하는 게 슬라이더. 특별히 그 구종에 약한 타자가 아니라면 당연히 머리에 그리고 들어갈 일이었다.

"와앗!"

마침내 아리에타의 초구가 손을 떠났다. 슬라이더였다. 인시아테의 방망이도 주저 없이 돌았다. 슬라이더를 노리고 들어간 것이다.

짝!

배트에 맞았지만 상당히 밀렸다. 볼 끝이 휘는 게 장난이 아니었다.

"공 좋은데?"

스니커의 중얼거림이 운비 귀에 들렸다.

"그렇네요. 몸 관리 잘한 것 같네요."

타격 코치의 목소리도 그리 유쾌하지는 않았다.

짝!

두 개의 공이 더 들어온 후에 다시 인시아테의 방망이가 돌았다. 공은 유격수 러셀 앞으로 맥없이 굴러갔다. 각을 좁히지 못한 타격이었다.

"아웃!"

1루심의 손이 올라가면서 첫 아웃이 기록되었다.

인시아테는 고개를 갸웃거리며 분루를 삼켰다. 2번은 리베라의 차례였다. 그 역시 슬라이더를 노렸지만 각이 너무 좋았다.

공은 플라이가 되어 중견수 글러브 안으로 들어갔다. 프리먼의 경우에는 조금 더 좋지 않았다. 투 스트라이크를 먹은 후에 들어온 싱커에 속아 삼구 삼진을 먹은 것.

아리에타의 1회는 위력적이었다.

1회 말, 마운드에 콜론이 섰다. 아리에타와는 확연한 차이가 나는 비주얼이었다. 하지만 야구는 몸매로 던지는 게 아니다. 콜론은 그걸 보여줄 자격이 있었다.

타석에 선 건 슈와버.

무려 105kg을 찍는 거구였다. 1번이 아니라 4번이 나왔다고 해야 옳을 것 같은 선수. 그러나 그 역시 몸매만으로 판단하면 절대 곤란한 선수였다.

슈와버는 타격과 파워는 물론 뛰어난 선구안까지 가지고 있다. 주루 센스도 다고나 몸매만 제외한다면 1번에도 어울렸다.

흠이라면 좌완투수에게 타율이 떨어지는 약점이 있었으니 스니커로서는 운비가 더 생각날 수밖에 없었다.

마운드에는 푸짐한 투수, 타석에도 푸짐한 타자.

두 덩치가 충돌하기 시작했다.

뻑!

초구는 패스트 볼이었다. 143㎞/h을 찍었다.

그럼에도 슈와버는 공을 보기만 했다. 어쩌면 현명한 일이었는지도 모른다. 그 공은 스트라이크존의 끝에 아슬아슬하게 걸렸다.

속된 말로 주심 꼴리는 대로 볼을 주어도 그만이었다. 그래도 주먹은 올라갔다.

사람들은 콜론의 이름값과 신용이 스트라이크존에서 이득을 본다고도 했다.

상관없었다.

후한 스트라이크존을 얻는 것도 투수의 스터프에 속했다.

뻑!

2구도 패스트 볼이었다.

초구와 달리 몸 쪽 높은 곳의 극한에 걸친 공이었다. 슈와버는 움찔했지만 배트는 돌지 않았다.

그 공 역시 스크라이크 판정을 받았다.

투낫씽!

3구는 정석대로 체인지업이 들어왔다.

툭 떨어졌지만 슈와버는 여전히 무반응이었다. 타석에서 물러난 슈와버가 배트를 조율하고 들어섰다. 무표정하지만 긴장하는 것이다. 굳은 근육을 깨우고 들어서는 슈와버였다.

4구.

플라워스의 사인을 받은 콜론이 와인드업을 했다.

짝!

배트가 돌았지만 공은 맥없이 굴렀다.

콜론의 승이었다.

슬라이더로 슈와버의 타격감을 휘저어놓은 것.

공을 잡은 가르시아가 1루에 공을 뿌려 원아웃을 잡았다.

2번 브리안트까지도 좋았다.

느린 듯 여유를 가진 공에 배트 중심을 맞추지 못했다. 하지만 리쪼에게는 통하지 않았다. 그는 21번 존에 떨어지는 패스트 볼을 제대로 후려쳤다.

홈 플레이트에 바짝 붙은 효과를 본 것.

타구 방향까지 좋아 우중간을 꿰뚫으며 2루타가 되고 말았다.

콜론의 관록은 여기서 빛났다.

초반 의욕에 불타던 리쪼. 콜론의 견제구에 딱 걸리고 말았다.

역동작으로 걸린 리쪼가 재빨리 돌아서며 슬라이딩을 했지만 2루심은 그라운드를 뚫어버릴 듯한 아웃 콜을 작렬했다.

"아웃!"

콜론은 노장답게 느긋하게 마운드를 내려왔다.

노련미가 뚝뚝 떨어지는 콜론. 초장부터 컵스의 김을 빼버리고 있었다.

7. 벼랑 끝 역전 드라마

2회 0.

3회 0.

4회 0.

5회 0.

전광판에 찍히는 숫자는 한결같았다. 아리에타가 0을 찍으면 콜론 또한 균형을 맞췄다. 물론 그 과정은 아주 달랐다. 아리에타의 0이 위력에 의한 거라면 콜론의 0은 제구의 마법이었다. 특히 3회가 그랬다. 콜론은 매회 주자를 내보냈다. 안타도 맞았다. 3회에는 투아웃 2, 3루도 허용했다. 하지만 마지막 카운터펀치는 허락하지 않았다. 그가 잡아낸 아웃 카운트는 삼진. 마치 스트라이크존의 백만분의 1에 걸치는 듯한 현미경 제구였다.

4회도 비슷했다. 선두타자에게 안타를 허용한 콜론. 아웃 카운트 하나를 잡았지만 다시 산발 안타를 내줘 원아웃 1, 3루가 되었다. 타석에는 조브리스트. 최소한 외야 플라이라도 하나 나올 듯한 장면이었다. 그들도 눈에 콜론의 공에 익어가는 까닭이었다. 거기서 들어간 콜론의 위닝샷이 압권이었다. 110km/h대의 초슬로우 커브를 집어넣은 것. 뜻밖의 허를 찔렀지만 조브리스트의 배트는 멈추지 않았다. 눈에 확연히 들어오는 공이 너무나 만만해 보였던 것.

짝!

주저하다 돈 배트는 결국 참사를 빚어내고 말았다.

공은 6—4—3의 겟투가 되고 말았다. 그때도 콜론은 아무 일도 아닌 듯 어슬렁 마운드를 내려왔다. 헐렁한 듯하지만 빈틈 없는 카리스마에 운비는 경의를 표했다. 메이저리그 짬밥 20여 년에 빛나는 콜론. 그는 혼을 다해 약속을 지키고 있었다. 팬들이 보기에는 운이 좋아 맞지 않는 것 같지만 일 구, 일 구가 타자의 수를 공략이었다. 운비는 공감했다. 폭풍 파이어볼로 타자를 억박지르는 것도 굉장하지만 도무지 만만해 보이는 공으로 타자를 요리하는 건 더 굉장하다는 것.

6회 초, 브레이브스는 타순이 좋았다. 2번 리베라부터 시작이었다. 배트를 집는 리베라의 등을 인시아테가 두들겼다.

"한 방 먹여라."

인시아테는 마른 리크 줄기로 리베라의 어깨를 쓸어주었다. 축복을 내리는 것이다.

"뭘로 먹일까요?"

"기왕이면 홈런?"

"흐음, 바라던 바입니다만 본인은 왜 삼질?"

"다음 타석에서 홈런치려고."

인시아테가 웃었다.

리베라는 성큼 타석에 올라섰다. 바람은 외야에서 내야를 향해 불었다. 웬만한 장타를 쳐도 플라이가 되기 좋은 바람이었다. 다행히 마운드의 아리에타는 조금 낮아보였다. 슬슬 그 공에 적응해 간다는 얘기였다.

뻑!

초구는 싱커가 떨어졌다. 추락하는 각은 아직 배트를 베어버릴 듯 날카로웠다.

'그렇다면 투심.'

리베라는 생각을 바꿨다. 아리에타는 싱커와 투심을 같은 구속으로 던진다. 150km/h가 넘는 싱커를 매번 공략하기는 쉽지 않았다. 하지만 투심이라면 달랐다.

쾅!

2구는 슬라이더가 들어왔다. 빌어먹게도 볼 끝이 더 좋았다. 주심은 덩달아 높은 콜을 외쳤다.

'투낫씽……'

타자가 싫어하는 볼카운트였다. 여기에 딱 걸리면 생각이 많아진다. 좋아하는 공을 기다릴 여유가 없어지는 것이다. 리베라는 '공' 대신 '존'을 선택했다. 투심이건 뭐건, 스트라이크존에 들어오면 칠 생각이었다. 그 공이 투심이면 땡큐겠지만.

공 하나는 조금 바깥쪽으로 달아났다. 버리는 공이지만 위험했다. 딱 공 반 개 차이였던 것이다.

"……!"

바람이 어깨를 쓸고 갔다. 방향이 바뀌어 있었다. 이제는 내야에서 외야로 향했다. 미시간호는 변덕쟁이인 걸까? 아니면 인시아테가 내려준 리크의 행운의 조짐일까?

'안쪽의 투심……'

리베라의 머리가 반응했다. 운이 좋다면, 횡으로 물결치는 투심이 들어올 차례였다. 그리고… 공은 정말 투심으로 날아왔다.

'좋았어.'

리베라는 어깨를 자극하지 않았다. 천천히, 천천히… 스스로를 달래며 콤팩트한 스윙을 가져갔다.

짝!

타격 순간 손끝에 짜릿함이 건너왔다. 방망이를 놓은 리베라는 전력 질주 대신 공의 궤적을 바라보았다.

"아, 아……."

컵스 중계진의 숨넘어가는 소리 따위는 들리지 않았다.

"넘어갑니까?"

"바람… 바람이 외야 쪽입니다."

"저거… 저거……."

"아!"

중계석의 시선은 거기서 멈췄다. 공은 펜스에 기대선 슈와버를 넘어가 버렸다. 홈런이었다.

"와아!"

함성과 함께 리베라의 정신줄이 제자리로 돌아왔다. 그제야 1루로 뛰었다. 베이스를 찍고 2루를 지났다. 홈을 밟은 리베라는 동료들의 열렬한 환영을 받은 후에 콜론 앞에 섰다. 그리고, 리베라의 트레이드 마크인 머리 들이대고 가슴 팍 비비기 신공으로 세리머니를 즐겼다. 운비에게도 똑같이 했음은 물론이었다.

1 대 0.

백 점 같은 한 점.

마침내 선취점을 내는 브레이브스였다.

7회 말, 콜론은 또 위기에 몰렸다. 이번에는 원아웃에 3루였다. 노아웃에 2루타를 맞은 후에 진루타를 허용한 것.

원아웃 주자 3루.

브레이브스 벤치는 고민에 빠졌다. 하지만 스니커는 투수를 교체하지 않았다. 지금까지 눈부신 호투를 펼친 콜론이었다. 그리고 그는 이 정도 위기를 관리할 능력이 있었고, 벤치는 그 능력을 믿었다.

콜론은 믿음에 부응했다. 헤이워드를 유격수 플라이로 잡아낸 것. 투아웃이 되었지만 콜론은 숨을 돌리지 않았다. 오히려 자신을 더욱 긴장시켰다. 그는 알고 있었다. 이번 이닝이 그의 마지막이라는 것. 그렇기에 남은 힘을 다 퍼부을 생각이었다.

컵스도 승부수를 띄웠다. 단 한 점 실점으로 호투하던 아리에타를 내리고 그 타석에 대타를 내보냈다. 어떻게든 3루의 주자를 생환시키겠다는 의지였다. 어차피 양측 불펜은 이미 달아오른 상황이었다.

초구는 느린 커브가 떨어졌다. 대타 제임스 몬테로는 다소 마음을 놓았다. 상대는 늙은 투수. 7회까지 100여구를 던졌으니 힘이 빠질 때도 되었다.

뻑!

2구로 들어온 포심 또한 138㎞/h에 그쳤다. 하지만 몸 쪽 정강이를 파고 든 어이상실급의 제구 덕분에 스트라이크 선언을 받았다.

볼카운트 투낫씽.

이제부터가 진정한 수 싸움이었다. 거기서 들어온 제 3구. 그건 타자를 유혹하기 위한 공이 아니었다. 게다가 지금껏 보지 못한 광속구(?)가 꽂힌 것이다.

쾅!

플라워스의 미트에 꽂힌 공이 작은 천둥소리를 냈다. 그 공의 구속은 무려 148㎞/h였다. 운비나 아리에타 입장에서 보면 힘이 빠진 공. 하지만 130대의 스피드를 생각하던 타자에게는 엄청난 광속구에 다름 아니었다.

"스트럭아웃!"

주심이 콜을 했다. 허를 찔린 몬테로가 발끈했지만 돌아온 건 주심의 레이저 눈빛뿐이었다.

짝짝짝!

콜론은 기립 박수를 받으며 마운드를 내려왔다. 7회까지 무실점. 노장의 혼을 불사른 호투였다. 브레이브스 측 중계석도, 선수단도 노장에 대한 경의를 아끼지 않았다. 더그아웃으로 온 콜론은 운비를 보고 씨익 웃었다.

―이제 네 차례야.

그의 미소 속에 담긴 의미였다.

그러나, 콜론의 바람은 찻잔 속의 희망으로 끝났다. 월드 시리즈 챔피언 반지의 맛을 잊지 못한 컵스 타자들에게 1점은 그리 큰 부담이 아니었다.

8회 말, 한 이닝을 책임지기 위해 들어온 카브레라의 처음은 나쁘지 않았다. 160㎞/h에 육박하는 파이어볼로 브리안 에드워드를 삼진으로 돌렸다. 그는 아리에타를 구원해 들어온 투수였다.

언제나 그렇지만, 나쁜 일의 발단은 아주 작다. 카브레라도 그랬다. 9번 타자 제이를 맞아 넘치는 의욕이 단초가 되었다. 공 하나가 폭투가 되더니 끝내 몸에 맞는 볼을 내주었다. 그걸 시작으로 제구력이 흔들렸다. 마이크 슈와버는 차분하게 기다렸다. 그리고… 3―1에서 스트라이크를 잡으러 들어오는 패스트 볼을 놓치지 않았다.

짝!

타격음이 그라운드에 울려 퍼졌다. 공은 시원하게 날아 우측 펜스를 넘어갔다. 펜스까지 달려간 리베라의 심장에서 바람 새는 소리가 들렸다.

젠장!

글러브를 팽개치고 싶은 리베라였다.

"와아아!"

컵스 홈 팬들의 열광과 함께 슈와버가 홈으로 들어왔다.

2 대 1.

컵스 전광판에 찍히는 첫 숫자이자 역전이었다. 콜론의 입에서도 바람 소리가 새어나왔다. 자신의 1승이 날아간 것 때문이 아니었다. 팀의 승리가 날아간 것이다. 그나마 다행인 것은 더 이상의 추가 실점을 하지 않았다는 것. 카브레라는 이닝을 종결하고 마운드를 내려왔다.

9회 초. 선두타자로 나선 건 대타 마카키스였다. 원래는 카브레라의 자리였지만 스니커가 대타를 낸 것. 하지만 컵스 역시 필승 마무리조를 가동하고 있었다.

마운드의 철벽은 로얄 데이비스였다. 최근 0점 대의 ERA를 기록하고 있는 최상급 불펜. 피홈런도 짠물이라 여간해서는 장타를 내주지 않는 투수였다. 160㎞/h대의 포심과 155㎞/h대의 커터, 거기에 너클볼까지 장착한 유닛으로 묵직한 공이 특징이었다.

쾅, 쾅, 쾅!

마카키스는 삼구 삼진으로 물러났다. 벼락 같은 포심에 이어 맥 빠진 듯 들어온 너클볼 위닝샷에 당한 것이다.

"원아웃!"

"이제 1승을 위한 아웃 카운트는 단 두 개가 남았습니다.

역대 디비전시리즈에서 첫 게임을 가져간 팀의 챔피언전 진
출 가능성은……."

현지 중계석의 중계 소리와 함께 인시아테가 타석에 들어
섰다. 그는 껌 대신 말린 리크를 씹고 있었다.

'포심…….'

인시아테는 오직 한 단어만을 그렸다. 데이비스의 초구는
포심으로 들어오는 경우가 절반이 넘었다. 경기는 막바지,
여기서 인시아테가 출루하지 못하면 오늘 게임은 완전하게
기울 공산이 컸다.

슈웃!

천천히 와인드업을 한 데이비스, 초구를 뿌렸다.

'포심!'

인시아테는 마른침을 넘겼다. 그건 분명히 포심이었다. 아
이를 달래듯 흥분을 가라앉힌 그는 공이 플레이트에 가장
가까워졌을 때 풀스윙을 가져갔다.

짝!

타격과 함께 방망이를 놓았다. 그 기분은 리베라의 타격
맛과 비슷한 계열이었다. 홈런, 치는 순간 손목 끝에 느낌이
전해왔다. 솔로 홈런이었다.

"와아아!"

"와아아!"

함성이 일었다. 인시아테는 뜨끈해신 심장을 안고 그라운드를 돌았다.

2 대 2.

게임은 다시 원점으로 돌아갔다. 더그아웃으로 온 안시아테는 리베라와 콜론, 운비에게 보란 듯이 세리머니를 했다. 그는 그럴 자격이 있었다.

분위기가 살아났다. 2번으로 나간 리베라가 깔끔한 중전 안타 뒤에 도루에 성공한 것. 이제 한 방이면 재역전을 할 수 있는 브레이브스였다.

하지만 승리의 신은 컵스 쪽으로 윙크를 보냈다. 기가 막히게 맞은 프리먼의 타구가 슈와버의 호수비에 막혀 버린 것. 빠졌으면 한 점이 들어오고 다시 주자 2루가 될 공이었으니 아쉬움은 이루 말할 수가 없었다. 4번 켐프의 타격은 굉장히 컸지만 펜스 앞에서 잡히고 말았다. 아쉽지만 동점으로 만족해야 하는 브레이브스였다.

9회 말, 존슨이 마운드를 이어받았다. 그도 투아웃까지는 좋았다. 하지만 마지막 타자와의 승부에서 희비가 엇갈렸다. 볼카운트 1—2에서 콘트레라스에게 던진 싱커가 솔로 홈런이 되고 말았다. 공을 따라 고개를 돌리던 존슨. 공이 펜스를 넘어가자 고개를 떨구었다.

3 대 2.

딱 한 점 차이.

브레이브스로서는 아쉽고, 아쉬운 패배였다.

결국 컵스가 첫승을 가져가고 말았다.

                    *   *   *

디비전시리즈 2차전.

토모와 페드로 레스터가 맞짱을 떴다. 1패를 당한 브레이브스의 토모 역시 혼신의 투구를 했다. 하지만 3회, 에러로 주자가 나간 후에 빗맞은 안타가 나오면서 균열이 보였다. 결국 브리안트에게 쓰리런 홈런을 맞으며 컵스 쪽으로 분위기를 내주었다.

이후에 다시 호투하던 토모. 6회 러셀에게 솔로 홈런을 내주고 마운드를 내려왔다. 브레이브스의 방망이도 3점을 뽑았지만 또 한 번 한 점 차 분루를 삼켰다. 1승 1패를 올리며 홈으로 돌아오려던 스니커 감독. 2패를 안고 궁지에 몰리게 되었다. 반면 컵스는 챔피언시리즈 선착에 1승만을 남기게 되었다.

"내친 김에 3승!"

컵스의 선언이었다. 그렇게 되면 챔피언시리즈까지 4일을 쉴 수 있다. 최상의 전력으로 상대를 맞을 수 있다는 뜻이었다.

　"운비야, 엄마!"

　3차전이 열리는 날 아침, 서울에서 전화가 왔다. 통화는 간단히 끝냈다. 황금석과 방규리도 운비에게 부담을 줄 생각은 없었다. 전화기를 내려놓으려는데 또 한 통의 전화가 들어왔다. 장리린이었다. 운비는 윤서에게 떨어져 전화를 받았다.

　"리린 씨."

　"기분 어때요? 3차전 등판이죠?"

　"뭐, 좋습니다."

　"어휴, 여기 있는 내가 다 떨리는데……."

　"신곡 녹음한다더니 녹음실 안 갔어요?"

　"가는 길이에요. 우리 멤버들이 운비 씨에게 힘 좀 실어 주자고 해서요."

　"하핫, 영광이네요."

　"영광은 우리가 영광이죠. 얘들아!"

　리린이 소리치자 옆자리가 시끌벅적하게 변했다.

　"사랑해요."

　"야, 그러면 리린이 열받지."

　"노히트노런."

　"완봉승도 나쁘지 않아요."

"무조건 이기세요."

리린의 멤버들은 한꺼번에 소리쳤다.

"고마워요."

리린에게 인사를 전하고 통화를 끝냈다. 몸도 마음도 가뿐해졌다. 언제부터였을까? 리린은 운비에게 살아 있는 '수호령'이 되고 있었다.

결전이 가까워지는 시간, 운비는 연습장에 있었다. 테헤란과 블레어 등도 보였다. 투수조 몇 명은 가벼운 캐치볼로 몸을 풀었다. 내일 벌어지는 3차전, 그걸 내주면 올해 야구는 마감이었다. 하늘을 보았다. 비가 내릴 것이라는 예보가 있었지만 아직은 먹구름뿐이었다.

3차전 선발 예고는 끝나 있었다.

황운비 VS 로젠타 랙키.

랙키는 컵스의 백전노장이었다. 브레이브스로 치면 콜론에 해당하는 선수. 그러나 스테미너는 여전히 콸콸 넘치고 있어 매 시즌 200 이닝 정도는 껌으로 아는 투수였다. 2미터에 육박하는 키에 쓰리쿼터형으로 완숙미에 넘치는 투구를 하는 스타일. 브레이브스에게 희망적인 건 그가 홈보다 원정 방어율이 높다는 것이었다. 하지만 냉정히 들여다보면 별 도움은 되지 않았다. 그렇디고 해도 원정 빙어율이 3점대 초반인 까닭이었다.

"황!"

가벼운 연습이 끝나자 스니커가 운비를 불렀다.

"예, 감독님."

"컨디션은?"

"좋습니다."

"미안하네. 1승이라도 건지고 왔어야 하는 건데……."

"별말씀을요."

"테헤란이 먼저 나가야 하는데 아직 컨디션이 100%가 아니야."

"알고 있습니다."

"헤밍톤에게 재미난 제의를 했다고?"

"예……."

"연투도 마다않겠다고 했다지? 마음이라도 고맙네."

"괜한 소리 아닙니다. 제가 필요하면 언제든 마운드에 올려주세요. 참고로 저는 마운드에 서면 저절로 피로 회복이 되는 특이체질이거든요."

"하지만 자네가 연투를 할 지경이면 우리에게 좋은 상황이 아니지."

"그렇군요."

"연투를 생각할 상황이 오지 않기를 바라네. 아직 우리에게는 희망이 남아 있으니까."

"예."

"그 희망의 시작은 자네라네. 부담을 주고 싶지는 않지만 모를 자네도 아니니까."

"걱정마십시오. 퍼펙트로 막아낼 테니까요."

"첫 승만 올리면 우리도 나쁘지 않아. 테헤란의 몸은 하루 정도 더 지나면 베트스에 가까워질 거라는 진단이 나왔네. 그렇게 2승을 먹으면 2승 2패가 되지. 마음은 이미 챔피언시리즈에 가 있는 컵스가 궁지에 몰리는 거야."

"제 말이……."

"자네는 꼴찌 팀을 우승시키는 재주가 있다고?"

"재주까지는 아니지만……."

"이제 더 밀릴 곳도 없지. 부담 없이 한판 치러보자고."

"그러죠."

운비는 스니커가 내민 주먹에 주먹을 부딪쳐 주었다. 마지막 반격, 운비와 스니커의 눈은 같은 꿈을 꾸고 있었다.

컵스가 왔다. 그들은 확실히 활력이 넘쳤다. 취재기자들은 주로 컵스 쪽에 몰렸다.

"3차전으로 끝낼 겁니까?"

"오늘 등판하는 황에 대한 공략법은 무엇입니까?"

기자들은 그들을 따라 클럽하우스로 들어갔다.

운비는 불펜에 있었다.

뻥!

뻥!

아직 플라워스가 장비를 갖추기 전, 운비의 공은 레오의 미트에 들어가고 있었다. 투수는 운비뿐이 아니었다. 어쩌면 마지막이 될 수도 있는 날. 자칫하면 모든 전력을 퍼부어야 하기에 거의 모든 투수조가 나와 있었다. 만약이지만, 운비가 몰린다면, 테헤란도 존슨도 모두 등판할 태세였다.

슬슬 몸이 뜨거워질 때 플라워스가 등장했다. 운비 어깨를 툭 친 그가 미트를 내밀었다.

─느리게, 보통으로, 빠르게, 아주 빠르게.

─몸 쪽, 가운데, 바깥쪽.

─낮게, 중간, 높게.

디비전시리즈라고 루틴이 바뀌지는 않았다. 2연패를 당했다고 변할 것도 없었다.

"포심!"

구위 점검이 끝나자 플라워스가 미트를 들었다. 운비의 기를 살려주려는 것이다.

뻥!

운비는 보란 듯이 포심을 꽂아주었다.

"오케이!"

플라워스의 말과 함께 등판 준비가 끝났다. 리사를 만나고, 다른 기자들의 질문에 답하고 더그아웃에 앉았다. 꽉 들어찬 관중들은 하나의 점으로 보였다.

그사이에 기자들은 양 팀 감독을 붙잡고 결전의 각오를 듣고 있었다. 서로 할 말은 정해져 있었다.

"오늘부터 대반격의 시작입니다."

"3연승으로 끝내겠습니다."

모든 절차들이 끝나자 시계는 경기 개시 위치를 가리켰다.

디비전시리즈 3차전.

서막이 오른 것이다.

"운비야!"

마운드로 뛰는 운비 귀에 윤서 목소리가 들렸다. 홈 뒤의 관중석에 윤서와 스칼렛이 보였다. 하트 단장도 있고 보젤과 메켄지도 보였다. 보젤과 메켄지가 온 줄은 몰랐다. 아마도 운비에게 부담이 될까 봐 조용히 관전하는 모양이었다. 그들에게 손을 흔들어주었다. 2패를 안고 올라온 마운드라지만 운비는 쫄지 않았다. 2패 따위는 소야고의 28연패에 비하면 아무것도 아니었다.

"황과 랙키입니다. 브레이브스의 마지막 산소 공급줄을

잡고 있는 황. 그 산소를 잘라내려는 랙키. 브레이브스는 궁지에 몰렸습니다. 오늘 게임을 내주면 바로 올해의 야구를 접어야 합니다."

"원정 1, 2차전이 아쉬웠지요. 한 게임만 건졌어도 오늘 분위기가 달랐을 겁니다."

중계석의 폼멜과 글레핀의 목소리도 여느 때보다 신중했다.

"돌아보면 너무 아쉽습니다. 근소한 차이의 패배였으니까요."

"그래도 오늘 황의 컨디션이 괜찮습니다. 오늘 게임을 따내면 야구, 아무도 모릅니다."

"하지만 랙키 역시 컵스의 원투펀치에 못지않은 선수가 아닙니까? 포스트 시즌만 따진다면 그가 최고의 투수일 수도 있습니다."

"그래도 원정에서는 다소 방어율이 올라갑니다. 그걸 놓치지 말아야겠죠."

"두 선수 다 공히 주 무기가 커터죠? 더구나 타자 코앞에서 변하는 것까지 유사합니다."

"힘으로 치면 황이 앞서지만 경기 운영이나 노련미는 랙키입니다. 브레이브스 타자들이 초반에 점수를 내줘야 하는 이유가 거기 있습니다."

캐스터와 해설자의 대화를 따라 경기가 개시되었다.

"황입니다. 황이 초구를 준비합니다."

폼멜의 목소리는 점차 높아지기 시작했다.

'슈와버⋯⋯.'

마운드의 운비는 컵스의 리트오프를 보고 있었다. 컵스의 타순은 변하지 않았다. 진루보다 득점에 방점을 찍은 라인업이었다. 브레이브스 역시 큰 변동은 없었다. 스완슨이 7번으로 올라오고 알비에스가 8번으로 간 것 외에는⋯⋯.

'헐크⋯⋯.'

운비는 슈와버의 닉네임을 떠올렸다. 스윙에 비해 타구가 멀리 나간다. 한국식으로 치면 힘이 천하장사라는 뜻이었다. 그러나 그는 좌투수에게서 평균 타율을 까먹는 스타일. 그렇기에 운비에게 거는 스니커의 기대치도 높았다. 슈와버를 막으면 희망이 있는 것이다.

커터!

3차전을 여는 플라워스의 선택은 커터였다. 상대 투수 랙키도 나름 커터의 명인. 기 싸움으로 시작하자는 뜻 같았다.

'기꺼이.'

운비의 시선이 매직 존을 확인했다. 붉고 푸른 존은 훨훨 타올랐다. 그 앞의 수호령도 여전했다.

"와앗!"

기합과 함께 초구가 날아갔다.

부욱!

슈와버는 주저하지 않았다. 이미 운비에 대한 파악을 끝낸 모양이었다.

뻑!

하지만 공은 미트를 찾아갔다. 다른 게임의 초구와 다른 초구였다. RPM이 무려 2,860의 회전을 돈 것이다.

"……!"

살짝 구겨지는 슈와버의 인상이 마음에 드는 운비였다.

'황!'

플라워스가 고개를 들었다. 운비는 아직 루키. 더구나 디비전시리즈는 첫 등판. 어깨에 힘이 들어갔다고 판단한 것이다.

'걱정 말아요. 기선 제압용일 뿐이니까.'

운비가 웃었다.

'하나 더 꽂을까요?'

'뭐 무리하지만 않는다면……'

플라워스의 미트가 같은 코스를 가리켰다. 운비는 한 방 더 찔러주었다.

뻑!

이번에도 똑같은 그림이 나왔다. 슈와버의 스윙이 저 홀로 돌아버린 것. 이 공의 RPM도 2,800대였다. 3구는 커브를 던졌다. 약간 높게 떨어지는 통에 배트는 나오지 않았다. 4구는 바깥쪽 아래 존을 겨냥한 체인지업을 던졌다. 이번에도 슈와버는 움직이지 않았다.

'불꽃 포심.'

플라워스가 5구를 결정했다. 운비는 고개를 저었다.

'그럼?'

'커브.'

'황!'

'재미나잖아요? 슈와버는 분명 포심을 기다릴 겁니다.'

'그야······.'

'그러니까 커브. 한 번만요.'

운비의 입가에는 미소까지 엿보였다. 그야말로 똥배짱 뚝심이었다.

'아, 진짜······.'

플라워스의 미트가 움직였다. 재빨리 그립을 바꿔 쥔 운비, 슈와버를 향해 5구를 뿌렸다.

"······!"

공의 궤적을 알아차린 슈와버, 눈시울을 찡그렸다. 패스트 볼을 기다리던 차에 날아오는 커브. 맥이 빠지지만 스트라이크존이었다.

부욱!

별수 없이 배트가 돌았다.

짝!

공은 3루수 앞이었다. 바운드가 되었지만 가르시아가 차분하게 잡았다. 슈와버의 발은 1루에 안착하지 못했다.

"맙소사, 펄펄 나는 슈와버를 맞아 커브로 승부하는 황입니다."

중계석의 폼멜이 소리쳤다.

"허를 찔렀군요."

"믿기지 않습니다. 커브를 위닝샷으로 던지다니."

"하지만 현명한 선택이었습니다. 슈와버의 타격 타이밍을 완전히 빼앗으니까요."

"아, 누가 황을 루키라고 보겠습니까? 저는 능청스러운 콜론이 저기 서 있는 줄 알았습니다."

폼멜의 자지러짐을 뒤로하고 브리안트가 타석에 섰다. 그에게 안겨진 초구는 포심이었다. 2구로 들어간 체인지업에 배트가 나오며 투낫씽. 버리는 공으로 높은 커브를 날린 후에, 커터로 위닝샷을 던졌다.

빽!

미트 소리와 함께 삼진이 나왔다.

다음 타자는 리쪼. 테이블 세터들이 당한 볼 배합을 본 그는 차분했다. 초구는 그냥 보냈다. 그 공은 커터였다. 이어 2구로 들어오는 포심을 노렸다.

짝!

배트의 스윙은 무서웠지만 정타가 아니었다. 내야 높이 솟은 공은 2루수 알비에스가 처리했다. 1회 초는 그렇게 지나갔다.

랙키도 나쁘지 않았다. 리베라에게 중전 안타를 허용하고서도 출발도 큰 문제는 없었다. 2회와 3회, 두 팀은 이렇다할 찬스를 잡지 못했다. 그러다 4회 초, 운비에게 위기가 왔다. 원아웃 이후에 나온 리쪼의 타구에서 실책이 나온 것. 좌익수 인시아테의 판단 착오로 잡을 수 있는 공을 빠뜨리고 말았다. 리쪼는 3루에 안착했다.

1사 3루.

2사가 되어야 할 상황에 천지개벽이 일어나고 말았다. 벤치가 벌떡 일어났지만 경기 중에 나올 수도 있는 일. 결국 운비에게 맡기는 수밖에 없었다.

"괜찮아요!"

운비는 표정이 어두워진 인시아테를 위로해 주었다. 타석에는 노련한 조브리스트가 들어서고 있었다. 리그를 대표하는 유틸리티 자원. 그는 투수와 포수를 제외한 전 포지션을 소화할 능력을 갖고 있었다. 더구나 컵스의 월드시리즈에서는 MVP까지 수상한 몸. 그만큼 큰 경기에 강하다. 조브리스트와 리쪼가 터지면 그야말로 후덜덜. 운비로서는 외야플라이도 막아야 하는 상황이었다.

'낮게, 낮게……'

플라워스의 리드는 괜찮았다. 매직 존과 일치했다. 타자의 콜드 존이 낮은 곳에 넓게 깔린 까닭이었다. 포심과 커터로 만든 볼카운트 1-1. 여기서 선택한 체인지업이 살짝 흔들렸다. 아차 싶었지만 공은 이미 손을 떠난 상황. 콤팩트한 스윙으로 받아친 공은 리베라를 향해 날아가고 있었다.

'젠장!'

깊었다. 천하의 리베라라도 태그업을 하는 타자를 잡을 수 없을 것 같았다. 그런데 리베라, 평소와 다른 수비법을 쓰고 있었다. 몇 걸음 물러나면 잡을 수 있는 공임에도 필요 이상으로 뒷걸음질을 치더니 공을 향해 달렸다. 그제야 알았다. 리베라는 처음부터 홈 송구를 포기하지 않은 것이다. 달리던 탄력으로 공을 잡은 리베라, 포수를 향해 송구를 날렸다. 3루 주자 리쪼 역시 탱크 같은 덩치로 홈에 가까워지고 있었다. 공을 잡은 플라워스, 재빨리 몸을 돌리며 글러브를 찍었다.

"……!"

운비의 호흡이 멈췄다. 중계석의 캐스터도 그랬다. 홈 쪽의 관중석도 마찬가지였다. 주심은 홈 플레이트 부근에서 벌어진 접전을 한 번 더 확인하고서야 콜을 내질렀다.

"아웃!"

"와아아!"

홈 팬들이 환호를 했다. 외야의 리베라는 주먹을 그러쥐며 포효했다. 그림 같은 디펜시브 런 세이브가 나온 것이다. 원아웃 3루의 득점 찬스가 쓰리아웃으로 침몰하는 순간이었다.

8. 이것이 역투다 I

야구는 인생의 축소판.

혼하게 말한다. 브레이브스의 3차전 행로도 그랬다. 4회 초, 실점 기회를 넘기자 거짓말 같은 찬스가 찾아왔다. 4회 말이었다.

5번 타자 가르시아의 타석이었다. 몸 쪽으로 붙이려던 공이 가르시아의 소맷깃을 스치면서 몸에 맞는 공 판정이 나왔다. 뒤를 잇는 플라워스의 타구는 기막힌 정타였다. 그러나 코스는 최악이었다. 원 바운드가 된 후에 2루수 글러브 속으로 직진해 버린 것. 타구가 총알처럼 빨라 겟투가 당연해 보였다. 그런데 공이 빠지지 않았다. 조브리스트가 우물 쭈물하는 사이에 주자들이 모두 살았다.

노아웃 1, 2루.

7번 타자 스완슨이 타석에 나섰다. 아직까지도 타격 부진에서 완전히 벗어나지 못한 스완슨. 스니커는 고민에 빠졌다. 희생번트를 하자니 후속 타자들이 하위 타선. 그렇기에 타자를 믿고 강공으로 밀었다.

짝!

스완슨은 3구로 들어온 투심을 쳐냈다. 3루수가 몸을 날렸지만 통과하고, 백업 수비를 들어온 유격수에게 잡혔다. 3루는 늦었기에 1루를 쳐다보지만 그 또한 늦었다. 러셀은 동작만 취하고 공을 던지지 않았다.

"와아아!"

브레이브스 스탠드에 환호성이 일었다. 노아웃 만루. 절대기회를 맞이한 브레이브스였다. 하지만 알비에스의 타석에서 참사가 벌어지고 말았다. 랙키의 커터를 후려쳤지만 그대로 투수 글러브로 들어가 버린 것. 랙키는 리드가 가장 깊은 3루에 공을 뿌려 더블플레이를 만들고 말았다.

"으악!"

알비에스는 헬멧을 팽개치며 돌아섰다.

노아웃 만루에서 투아웃 1, 2루. 브레이브스에게는 최악이었다. 가라앉은 분위기를 타고 운비가 타석에 들어섰다. 직전 타석에서 유격수 라이너로 잡혔던 운비. 이제 자신의 힘으로 해결해야 하는 상황을 맞았다. 다행히 초구가 빠졌다. 2구로 들어온 체인지업도 낮게 떨어졌다. 3구는 타격을 했지만 파울. 여기서 4구가 볼 판정을 받으면서 3─1 카운트가 되었다. 공 하나를 더 기다린 운비는 파울을 쳐내며 결국 볼넷으로 걸어나갔다.

투아웃 만루.

아직 촛불은 꺼지지 않았다. 2년에 3,500만 불 계약서에 도장을 찍은 랙키는 노련하게 대처했다. 인시아테의 약점을 구석구석 찌르며 카운트 1─2를 만들었다. 그가 왜 포스트 시즌에 강한지 보여주는 대목이었다. 하지만 인시아테도 그냥 당하지는 않았다. 수비에서 에러를 저지른 인시아테. 타격까지 버벅거리고 싶지 않았다. 끈질긴 실랑이 끝에 3─2 카운트를 만든 인시아테. 타석에서 7구를 기다렸다.

랙키는 1루에 견제구를 던졌다.

짝!

인시아테는 또 한 번 파울을 만들었다. 그리고… 8구로 들어오는 체인지업에 배트가 돌았다.

짝!

공은 정석 같은 포물선을 그리며 좌익수 앞에 떨어졌다.

"와아!"

함성과 함께 3루 주자가 들어오고, 2루 주자도 홈을 밟았다. 마침내 적시타가 터진 것이다. 1루의 인시아테가 2루의 운비에게 손을 들어보였다.

빚 갚았다.

그런 눈빛이었다.

스코어는 2 대 0.

투아웃에 1, 2루 주자를 두고 리베라가 들어섰다. 컵스의 벤치가 마운드로 올라왔다. 교체 의사는 없었지만 한숨 죽이고 갈 모양이었다. 그동안 리베라는 혼자 배트를 돌렸다.

'포심!'

마운드가 준비되는 동안 리베라는 결정구를 택했다. 운이 좋았다. 기다리던 공이 초구로 들어온 것이다.

'땡큐, 아저씨!'

머리 속으로 속삭이며 스윙을 가져갔다. 군더더기라고는 찾아볼 수 없는 콤팩트한 스윙이었다.

짝!

제대로 뻗은 타구가 슈와버의 키를 시원하게 넘었다. 운비가 3루를 돌았다. 인시아테는 운비 그림자라도 밟으려는 듯 바짝 뒤를 쫓았다. 슈와버의 공이 중계되었을 때는 이미 4점째 득점이 난 상황이었다.

4 대 0.

순식간에 4점을 만드는 브레이브스였다.

"4 대 0, 4 대 0입니다. 브레이브스, 마침내 방망이가 폭발합니다!"

중계석의 폼멜이 소리쳤다.

"아아, 굉장합니다. 리베라… 리베라…….'

"초구를 과감히 공격, 호투하던 랙키를 끌어내리는군요. 누가 나올까요?"

"글쎄요. 나올 투수가 워낙……?"

불펜 쪽을 바라보던 해설자가 말을 멈췄다. 컵스 벤치의 선택은 제레미 세레비노였다.

"제레미 세레비노… 컵스는 아직 게임을 포기하지 않았습니다."

"포기가 아니라 재정비로군요. 컵스의 신인상 후보 제레미 세레비노가 올라옵니다."

"황하고 다시 한번 맞불을 놓겠다는 건가요?"

"그렇습니다. 제리미 세레비노… 올해 신인상 후보로 황과 각축하는 또 하나의 플레이어입니다. 그가 마운드에서 공을 인계 받습니다."

중계석은 홍분의 도가니가 되었다. 컵스의 목적은 명백했다. 4 대 0이지만 따라갈 수 있다는 판단. 가급적이면 오늘,

시리즈를 끝내겠다는 것이었다.

—제레미 세레비노.

—시즌 15승 7패 ERA 3.12.

홈보다 원정에서 강한 투수가 나온 것이다. 그는 구원 등판과 동시에 기세를 올렸다. 프리먼을 중견수 플라이로 잠재워 버린 것.

5회 초, 예보대로 비가 내리기 시작했다.

운비는 비를 맞으며 마운드에 섰다. 한 게임에 상대의 주축 투수 둘을 상대하게 되었다. 기분이 나쁘지 않았다.

'얼마든지 상대해 드리지!'

운비는 자신의 공을 뿌렸다.

배트 두 개를 박살 내며 러셀을 잡았고, 콘트레라스와 헤이워드는 연속 삼진으로 돌려놓았다. 세레비노를 향한 무력시위였다. 비 때문이기도 했다. 5회가 지나가면 급할 건 컵스였다. 빗발이 거세지면 강우 콜드게임이 나올 수도 있기 때문이었다.

야속하게도 비가 그 정도는 아니었다. 모든 걸 적시지만 경기는 중단되지 않았다. 리드하는 브레이브스가 조금 유리해 보였지만 마운드는 컵스가 유리했다. 우중(雨中)에서는 오래 던진 투수가 불리하게 마련이었다.

6회와 7회, 세레비노는 쾌투했다. 싱커와 스플리터를 앞

세워 어싯 타자를 연속으로 범퇴시킨 깃. 운비 역시 쾌투했지만 안타 하나를 허용했다. 대신 삼진 세 개를 솎아내며 위세를 떨쳤다.

8회 초.

스니커는 투수 교체를 단행했다. 운비를 보호하려는 목적도 있었고 4점의 점수 차로 보아 두 이닝 정도는 불펜이 감당할 만하다고 판단한 것이다.

그 판단은 잘못되었다.

빗속에서 마운드를 물려받은 카브레라, 파이어볼의 영점이 잘 맞지않았다. 초구부터 출발이 나빴다. 볼이 어림없이 날아가 버린 것. 플라워스가 진정시켰지만 카브레라의 파이어볼 탄두는 높은 곳에 형성되었다.

7번 헤이워드부터 시작되는 하위 타선을 맞아 볼넷 두 개를 연속으로 내주고 말았다. 노아웃 1, 2루. 점수의 여유는 있지만 좋지 않았다. 헤밍턴이 마운드를 방문한 후에도 변하지 않았다. 타석에는 9번 타자 제이. 볼카운트 3—1에서 외야 플라이로 잡아낸 건 행운이었다. 그 행운은 딱 한 번이었다. 이어 들어온 슈와버에게 우중간 펜스를 직격하는 대형 2루타를 허용한 것. 2루 주자가 들어오고 주자는 2, 3루가 되었다. 숨을 돌린 카브레라, 제구를 잡으려 애썼지만 그게 또 독이 되었다.

짝!

브리안트의 방망이가 제대로 돌았다. 그 또한 중견수를
오버하는 2루타였다. 2루타 두 방으로 3득점. 주자는 2루.
컵스는 순식간에 브레이브스의 목을 조여들어왔다.

별수 없이 카브레라가 강판되었다. 그 뒤를 이은 건 브레
이브스의 마지막 희망봉 존슨이었다.

원아웃 2루.

타석에는 3번 타자 리쪼. 브리안트와 함께 공포의 쌍포로
불리는 타자. 상황이 이렇게 되니 그 이름이 더욱 부각되고
있었다. 왼쪽 타석에 들어선 리쪼는 홈 플레이트에 바짝 붙
었다. 몸 쪽 공에도 강하고 선구안도 좋은 선수. 숱한 위기
를 막아낸 존슨도 긴장할 수밖에 없었다. 더구나 이 경기를
내주면… 내일이 없기 때문이었다.

짝!

리쪼의 배트는 초구부터 용서가 없었다. 그는 당연히 존슨
을 알았다. 존슨이 싱커와 커브의 달인이라는 것도 알았다.
그렇기에 초구로 들어온 싱커를 받아친 것이다. 공은 3루 라
인을 벗어났다. 2구 역시 싱커가 들어갔다. 바깥쪽 모서리를
노렸지만 주심의 콜이 나오지 않았다.

볼카운트 1—1.

존슨은 각이 큰 커브를 몸 쪽 허리 부근에 떨어뜨렸다.

브레이크가 제대로 들었지만 또 볼이 선언되었다. 그래도 존슨은 서두르지 않았다. 클로저가 서두르면 좋을 게 없었다. 더구나 컵스는 불이 붙은 상황. 로진백을 만지다 주머니에 찔러 넣은 존슨. 다시 한번 싱커로 배트를 유도했다.

"뽀올!"

주심은 맥 빠진 콜을 외쳤다.

볼카운트 3-1.

한 번 더 각이 큰 커브가 들어갔다. 이번에는 헛스윙이 되었다. 존슨은 천천히 숨을 돌렸다. 풀카운트가 되었지만 나쁘지 않았다. 존슨은 위닝샷으로 싱커를 그리고 있었다. 오늘, 나쁘지 않았다. 다만 주심이 문제였다. 낮은 곳의 싱커에 야박한 사람이었다.

'공 반 개⋯⋯.'

존슨은 존을 무심하게 응시했다. 그리고, 위닝샷으로 싱커를 날렸다.

빽!

공이 들어갔다. 존슨이 머리에 그리던 그 자리였다. 주심의 어깨가 움찔거리는 게 보였다. 존슨은 저도 모르게 주먹을 불끈 쥐었다. 하지만 주심의 어깨는 다시 풀렸다. 스트라이크 콜을 하지 않은 것이다.

"⋯⋯!"

존슨이 황당해하는 사이에 리쪼는 1루로 걸어 나갔다. 스트라이크 아웃이 아니라 볼넷이었다. 존슨은 몸짓으로 아쉬움을 표현했지만 주심은 시계를 볼 뿐이었다.

그렇게 4번 타자 조브리스트와 만났다. 주자는 1, 2루. 큰 거 한 방이면 돌아올 수 없는 길이 될 순간이었다.

'겟투……'

존슨이 바라는 최상의 상황…….

'홈런……'

그리고 최악의 상황.

전자가 되면 4 대 3으로 리드를 지키지만 후자가 되면 6 대 4로 시리즈를 마감하는 굿바이 홈런이 될 수도 있었다. 그렇다고 볼넷을 내줄 수도 없는 상황이었다. 5번의 러셀 또한 물방망이가 아니기 때문이었다.

'승부.'

물러날 곳이 없었다. 베이스를 채우면 컵스의 사기가 올라갈 일. 커브에 이어 싱커를 뿌리며 볼카운트는 1−1이 되었다.

그리고, 빗방울 속에서 날아온 3구. 그게 이날 경기의 분수령이 되었다.

짝!

싱커 다음에 들어온 포심에 조브리스트의 배트가 돌았

다. 공은 존슨을 스쳐 2루 베이스 쪽으로 뻗었다. 거기 스
완슨이 있었다. 스프링처럼 몸을 날려 공을 걷어낸 스완슨.
쓰러진 채로 2루수 알비에스에게 토스했다. 그 공을 잡은
알비에스가 베이스를 찍고 날아올랐다. 상대의 거칠 태클에
다리가 걸렸지만 공은 프리먼의 글러브에 꽂혔다.

"아웃!"

1루심이 주먹으로 그라운드를 후려쳤다. 갯투였다.

"와아아!"

홈 팬들이 환호하는 사이에 존슨은 주먹을 쥔 채 전율에
떨었다. 비 때문에 수비가 어려운 상황에서 건져낸 최상의
결과였다. 스완슨이 달려가 쓰러진 알비에스를 부축해 세웠
다. 다행히 부상은 아니었다.

빗속의 공방은 그렇게 끝났다. 9회 초의 존슨은 8회와 달
랐다. 러셀과 콘트레라스, 브리안트를 삼자범퇴로 잠재운 것
이다. 마지막 타자 브리안트의 공이 리베라의 글러브에 들어
가면서 숨 막히던 3차전이 막을 내렸다.

운비의 승, 존슨의 세이브였다.

"수고했네."

더그아웃의 스니커가 운비에게 손을 내밀었다. 푹 젖어서
달려온 리베라도 운비 목을 껴안고 좋아했다.

"고맙습니다."

운비는 존슨에게 인사를 잊지 않았다.

"8회에는 심장 쫄깃했었지?"

그가 받아쳤다.

"그 맛에 야구 하는 거 아닌가요?"

"하긴."

존슨의 어깨가 으쓱 올라갔다. 운비는 수고한 존슨을 위해 새 타올을 건네주었다.

기사회생.

지옥의 관문 앞에서 돌아온 브레이브스.

1승 2패를 마크하며 내일을 기약할 수 있게 되었다.

4차전.

팀 전적 2승 1패를 이룬 채 두 팀이 맞섰다.

테헤란은 초반에 고전했다. 1회 쇼와버의 안타를 허용한 데 이어 리쪼에게 초구 투런 홈런을 맞으면서 불안한 출발을 했다. 하지만 2회 노아웃에 내보낸 볼넷 주자를 더블플레이로 잡아내면서 살아났다. 이후부터는 브레이브스 마운드의 리더답게 경기를 이끌었다.

7회 초, 다시 위기를 맞았지만 잘 막아냈다. 그사이에 팀은 5점을 뽑아 3점을 리드하게 되었다.

테헤란은 9회에도 마운드에 올랐다. 스니커는 카브레라 카드를 생각했지만 컨디션이 좋지 않았다. 블레어 카드는 5차전을 위해 아껴두었다. 5차전은 콜론과 블레어를 묶어 마운드를 꾸려볼 구상이었다.

다행히 불상사는 일어나지 않았다. 투아웃에 3루타가 나왔지만 다음 타자를 잘 잡았다. 스코어 5 대 2로 게임을 잡으면서 브레이브스는 2승 2패로 균형을 맞춰놓았다. 테헤란의 완투승. 시즌 내내 투수조의 구심점이었던 테헤란의 분전이었다.

브레이브스.

벼랑 끝에서 회생을 했다. 2패 뒤에 올린 2승. 바짝 쫄아들었던 팀의 사기가 다시 올랐다. 마지막 일전을 앞두고 원정 비행기에 탑승하기 전 스니커는 모든 투수를 집합시켰다.

"총력전!"

그의 선택은 하나뿐이었다. 기세가 올랐지만 5차전 역시 불리한 상황이었다. 컵스는 원투펀치가 고스란히 살아 있었다. 게다가 그들의 홈이었다. 거기에 비해 브레이브스는 원투펀치를 다 소진한 상황. 그저 콜론이 한 번 더 분전해 주기를 기대하는 수밖에 없었다.

하지만 투수들의 각오는 달랐다. 특히 영건 4인방이 그랬다.

황운비.

토모.

블레어.

카브레라.

그들은 언제든 투입을 원했다. 5차전까지 몰고 온 마당에 물러서고 싶지 않은 것이다.

컵스는 레스터를 선발로 내정했다. 그들 역시 레스터가 무너지면 투수조가 총동원될 것은 브레이브스와 다르지 않았다.

그렇다고 브레이브스 선수들이 긴장만 하는 건 아니었다. 그들의 원정 비행기 안은 즐거웠고 컵스 구장 안의 클럽하우스에서도 분위기를 이어갔다. 리베라는 춤을 추었고, 켐프도 동참을 했다. 운비도 빅 유닛의 몸을 이끌고 엉덩이를 흔들어주었다.

콜론이 불펜에 들어왔다. 불펜 투수 둘과 플라워스, 스즈키는 미리 나와 있었다. 운비와 토모, 블레어도 동참을 했다. 콜론을 위해 함께 몸을 풀었다. 단순한 몸풀기가 아니었다. 오늘은, 자칫하면 등판 기회가 올 수도 있었다. 그러기 않기를 바라지만, 혹시 모를 그때를 위해 실전에 가까운 몸풀기를 하는 운비네 투수조였다.

콜론의 몸은 조금 무거워 보였다. 공을 받는 플라워스의 표정이 밝지 않았다. 그건 지켜보는 헤밍톤도 그랬다. 콜론은 운비의 아버지뻘(?)에 속하는 노장이다. 아무리 관록이 있다지만 포스트 시즌이 주는 압박이리는 게 있는 법. 그래도 힘든 표정 하나 없이 불펜 투구를 소화한 콜론이었다.

"레오!"

콜론이 더그아웃으로 가자 운비가 레오를 바라보았다. 안에는 둘만 남아 있었다.

"Why?"

"콜론 오늘 좋죠?"

일부러 거꾸로 물었다.

"그렇네."

"부탁이 하나 있어요."

"뭐?"

"제 공 좀 받아주세요."

"황의 공을? 오늘 출격할 것도 아니잖아?"

"대비는 하고 있어야죠."

"하지만 토모도 있고, 아직 안 던진 블레어도 있고……."

"싫어요? 좋아요?"

"뭐 원한다면……."

운비가 다그치자 레오는 청을 들어주었다. 천천히 공을 뿌리기 시작했다. 몸풀기 따위의 수고는 아무것도 아니었다. 콜론이 승을 따내기만 한다면… 그렇다면, 백 번이라도 몸을 풀 운비였다.

휘잉!

바람은 내야에서 외야로 몰아쳤다. 그 통에 의자 위에 올려둔 운비의 빈 콜라 잔이 날아가 버렸다.

"게임 시작이네?"

레오가 그라운드를 바라보았다. 운비도 고개를 돌렸다. 타석에는 리드오프 인시아테가 들어서고 있었다.

'리크의 마법……'

운비가 중얼거렸다. 인시아테는 오늘도 그 마법을 잊지 않았을 것이다.

그리고 또 하나의 바람.

그가 타석에 들어서면 애가 탈 또 한 사람… 운비의 시선이 스탠드로 옮겨갔다. 윤서는 스칼렛 옆에 붙어 있었다. 두 손은 기도 자세로 모아져 있다. 더러는 철없어 보이던 누나. 저럴 때는 제법 어른처럼 보였다.

리크의 마법이 펑펑 통하기를…….

누나의 기도가 이루어지기를…….

운비의 중얼거림도 두 사람의 바람과 그리 다르지 않았다.

9. 이것이 역투다 II

2회 말.

콜론은 세 번째 아웃 카운트를 삼진으로 잡았다. 1회에 볼넷, 2회에 안타 하나를 주었지만 여전한 호투였다. 그 호투는 3회부터 흔들리기 시작했다.

3회 말, 원아웃 후에 슈와버를 상대했다. 슬라이더를 받아친 공이 하필이면 콜론의 무릎 가까이로 날아왔다. 그걸 잡으려고 몸을 날렸다. 공은 콜론의 글러브를 튕기고 3루 쪽으로 굴러갔다. 가르시아가 잡아 간발의 차이로 아웃을 시켰다. 하지만 참사가 있었다. 콜론이 허리를 잡고 통증을 호소한 것. 헤밍톤과 트레이너가 나와 응급처치를 해주었다. 큰 부상은 아닌 것 같아 경기가 속개되었다.

부작용은 4회에 나타났다.

3번 타자 리쪼부터 시작하는 타석. 콜론의 구위가 눈에 띄게 떨어지고 있었다. 변화구의 각도 밋밋해졌다. 다행히 두 타자를 범타로 잡았지만 오래가지 못했다. 러셀에게 솔로 홈런을 내주더니 다음 타자 콘트라레스에게 백투백 홈런을 얻어맞았다.

헤이워드는 볼넷을 주고 도루까지 허용했다. 그래도 상대 투수가 들어선 타석에서 땅볼을 이끌어내 이닝을 마감했다.

브레이브스는 운이 없었다. 2회부터 5회까지 매 이닝 주자를 내보냈지만 컵스의 호수비나 결정타의 침묵으로 점수를 내지 못했다. 그렇게 남긴 잔루만 무려 7개였다.

5회 말, 콜론은 끝내 마운드를 내려왔다. 선두 타자로 나온 자빌러 제이에게 안타를 맞은 후였다. 수비 때 삐끗한 몸이 결국 사단이 난 모양이었다.

마운드는 블레어가 이어받았다. 하지만 초구부터 얻어맞았다. 슈와버에게 안타, 브리안트에게 스트레이트 볼넷.

노아웃에 만루.

이미 2점을 준 상황에서 버거운 위기를 맞았다. 스니커는 마지막 승부수를 띄웠다. 거기서 존슨을 스페셜리스트로 출격시킨 것. 존슨은 리쪼에게 투낫씽을 잡고 4구째 파울플라이를 유도해 냈다. 아웃 카운트가 하나 올라가려나 싶었지만 바람이 방해했다. 낙구 지점에 몰아친 강풍으로 인해 플라워스가 공을 잡지 못한 것이다.

툭!

살짝 비껴 떨어진 공처럼 마운드에도 김이 빠졌다. 결국 존슨이 볼넷을 허용하고 말았다. 밀어내기 한 점이었다.

컵스는 3 대 0으로 달아났다. 그보다 더 큰 문제는 여전히 노아웃 만루라는 것. 설상가상, 조브리스테에게 더블플레이를 유도한 공조차 가르시아의 실책으로 참사를 빚고 말았다. 4 대 0에 다시 만루.

불펜에 있는 건 카브레라와 토모였다. 아니, 운비도 있기는 했다. 스니커와 헤밍톤은 카브레라와 토모를 놓고 저울질을 했다. 둘 다 이 절체절명의 위기를 막아내기는 부족해 보였다.

'황……'

헤밍톤의 뇌리에 그 이름이 치고 들어왔다. 3일 전의 게임을 책임진 진정한 에이스. 그라면 대안이 될 수 있었다. 그정도는 되어야 컵스 타자들이 움츠릴 것이기 때문이었다. 하지만 그의 휴식은 고작 이틀. 고개를 저으면서도 미련은 계속되었다. 운비가 한 말 때문이었다. 스칼렛이 보증한 그 말 때문이었다.

―연투를 해도 마운드에 서면 어깨가 싱싱해집니다.

헤밍톤은 결국, 그 유혹을 물었다.

"스니커."

감독의 귀에 대고 나지막이 속삭였다. 잠시 고민하던 스니커가 불펜으로 통하는 전화기를 집어들었다. 불펜 코치에게 직접 확인을 했다.

4 대 0에 노아웃 만루.

존슨까지 나온 마당에 누가 있을까? 브레이브스 팬들의 입에서는 한숨만 나왔다. 어렵게 이룬 2승 2패의 호각세가 무위로 돌아갈 판이었다. 그때, 선수 등장 음악이 울려 퍼졌다.

so sand up, for the champions, here we go!

"……?"

제일 먼저 반응한 건 윤서였다. 리베라였다. 그리고 인시아테였다. 이 노래 stand up… 이건 운비의 등장 음악이었다. 그렇다면…….

'황?'

리베라의 눈이 불펜으로 향했다. 팬들도 눈도 그랬다. 모두가 바라보는 가운데 불펜 문이 열렸다. 그리고, 거기서 모습을 드러낸 건 빅 유닛이었다. 브레이브스 마운드에 단 하나, 우뚝한 코리안산 빅 유닛. 운비가 등장하고 있었다.

"맙소사, 황이 나오고 있습니다."

컵스 중계석에서도 당혹스러운 중계가 나왔다.

"그렇군요. 스니커의 대도박이군요."

"아, 이걸 어떻게 봐야 할까요? 브레이브스의 클로저, 존슨에 이어 원투펀치의 하나로 불리는 황이 등판하고 있습니다."

"극약 처방입니다. 브레이브스… 최후의 보루인 존슨마저 무너짐으로써 투수진이 패닉에 빠졌을 겁니다. 수습 불능의 상황이 된 거죠. 그러니 그들의 희망봉인 황을 내세워 사태를 수습하려는 것 같습니다만……."

"하지만 그는 고작 이틀을 쉬었을 뿐입니다."

"포스트 시즌에서는 더러 볼 수 있는 광경이죠. 하지만 선수 보호를 위해서도 바람직한 일은 아닙니다."

"스니커의 대도박! 이번 이닝만 막아달라는 걸까요?"

"일단 두고 봐야겠습니다. 중요한 건 브레이브스의 투수진이 완전히 무너졌다는 사실입니다."

중계석의 흥분을 알 리 없는 운비는 플라워스와 이야기를 나누고 있었다.

"괜찮겠어?"

"보다시피."

대답하는 운비의 귀밑으로 바람이 몰려갔다.

"미치겠군."

"타석에서 미쳐주세요."

"좋아. 황 나이 때는 하루만 자고 나도 피로가 가실 때가 있지. 잘만 하면 최고의 선택이 될 거야."

"그게 제 희망입니다."

"해보자고."

플라워스는 포수 위치로 돌아갔다. 운비가 천천히 연습 구를 꽂았다.

쾅!

쾅!

포심은 플라워스의 미트 안으로 빨려 들어갔다.

4회 말, 노아웃에 만루.

점수는 4 대 0.

최악의 상황에서 마운드를 인계받은 운비. 1루 주자 조브리스트를 바라보고 퀵 모션으로 들어갔다.

뻑!

초구는 커터였다. 러셀의 가슴을 제대로 파고들었지만 볼 선언을 받았다.

뻑!

2구는 대각선 낮은 코스에 포심으로 찔렀다. 러셀이 반응하는 통에 파울이 되었다.

빡!

3구는 다시 커터를 꽂았다. 이번에는 헛스윙이었다. 유리한 볼카운트를 점령한 운비, 송진 가루가 날아가는 방향을 보았다. 바람은 또다시 내야에서 외야로 바뀌었다. 큰 게 나오면 홈런이 될 수도 있는 일. 오늘따라 미시간호는 아주 변덕스러워 보였다.

4구의 선택은 체인지업이었다. 세 개의 패스트 볼 다음에 들어가는 체인지업. 브레이킹볼에 못지않은 무기가 될 수 있었다.

스윙!

드세진 바람을 가로로 갈라 버린 배트였다. 툭 떨어지는 공에 당한 러셀. 운비를 쏘아보고 더그아웃으로 돌아갔다.

원아웃!

노심초사하던 스니커와 헤밍톤이 안도의 숨을 쉬었다. 얼마 만에 잡는 아웃 카운트인가? 이틀 휴식 후에 등판시킨 운비. 과연 나쁘지 않았다. 공도 그렇고 볼 끝도 그랬다. 무엇보다 운비의 얼굴에는 전의가 팽팽하게 타오르고 있었다.

'스칼렛······.'

헤밍톤은 그의 혜안에 혀를 내둘렀다. 잠재력을 파악하

는 것만 해도 어려울 판에 숨겨진 재능까지 찾아내다니…
동시에 생각했다. 만약 운비 덕분에 이 게임을 잡는다면 스
칼렛에게 큰절이라도 해야겠다고.

타석의 콘트레라스는 잔뜩 힘이 들어가 있었다. 원아웃
만루. 바람은 외야로 신나게 몰려가는 상황. 홈구장의 바람
을 잘 아는 포수 포지션이기에 장타를 머리에 그렸다. 운비
와 플라워스는 그걸 노렸다. 스피드를 조금 죽인 커터로 코
너워크를 노린 것. 타자의 콜드 존에 붙어 들어간 공에 방
망이가 나왔다.

짝!

타격과 동시에 콘트레라스의 인상이 구겨졌다. 땅볼이 나
온 것이다. 수비 시프트를 펼치던 알비에스가 경쾌하게 몸
을 날렸다. 한 바퀴를 구르고 멈춘 그가 스완슨에게 공을
던졌다. 스완슨의 공은 베이스를 밟고 1루로 날아갔다. 겟
투의 성공이었다.

"와아아!"

브레이브스 쪽 스탠드가 끓어올랐다. 스니커와 헤밍톤 등
의 벤치도 주먹을 불끈 쥐며 환호했다. 역투였다. 혼을 담은
역투였다. 노아웃 만루. 절대 위기를 무실점으로 끊어준 빅
유닛 운비였다. 무너지던 선수들의 사기를 살려준 것이다.

4 대 0.

멀어 보이지만 희망은 남았다. 선수들은 더그아웃으로 들어온 운비와 함께 그 희망을 껴안았다. 그들에게는 아직도 5이닝이 남아 있었다. 무려 5이닝이었다.

절대 위기를 넘긴 6회 초가 되었다. 위기 뒤에 찬스가 온다. 대개의 야구 경기에는 그런 날이 많았다. 그렇기에 점수를 낼 기회가 오면 반드시 내야만 했다.

하지만 늘 그런 것은 아니었다. 적어도 투아웃까지는 그랬다. 뭔가 반격의 실마리가 나올까 기대하던 브레이브스의 응원석. 플라워스에 이어 스완슨까지 범타로 끝나자 안타까움에 고개를 저었다.

'브레이브스는 안 돼.'

'기적은 여기까지.'

관중들의 표정은 그랬다. 투아웃 이후, 팬들의 한숨을 밟으며 알비에스가 들어섰다. 거기서 돌파구가 나왔다. 호투하던 레스터의 싱커를 받아쳐 깨끗한 우전 안타를 뽑아낸 것이다. 그러나 투아웃에 1루. 더구나 타자는 운비. 아무래도 득점 그림이 나오지 않았다. 여기서 운비에게 운이 따라주었다. 3구로 들어온 포심에 타격 자세가 무너지면서 맞히는 데 급급한 상황. 그런데 그 공이 유격수 러셀의 키를 넘어가고 말았다. 행운의 안타였다.

행운.

그거라면 역시 인시아테에게 물어봐야 할 일이었다. 오늘
도 리크의 마법을 믿으며 타석에 들어선 인시아테. 이제는
눈에 익은 레스터의 공을 음미하며 배트를 조율했다.

짝!

인시아테의 방망이는 풀카운트에서 돌았다. 그 공 또한
싱커였다. 레스터는 빅 리그의 대표적인 좌완의 한 명. 싱커
를 주 무기로 쓰는 투수였으니 위닝샷으로 들어온 것이다.
좌익수 슈와버가 공을 따라 뛰었다. 처음에는 잡힐 것 같았
다. 하지만 공은 조금 더 날아 펜스를 넘어가 버렸다. 외야
로 부는 바람 덕이었다.

"와아아!"

홈런을 확인한 브레이브스 스탠드가 끓어올랐다. 알비에
스에 이어 운비, 그리고 리크의 마법사 인시아테가 홈을 밟
았다. 전광판에 3이 찍히며 스코어는 4 대 3. 이제 컵스는
추격권 내에 있었다.

7회, 브레이브스와 컵스는 한 점씩을 주고받았다. 운비의
실점 빌미는 3루타였다. 워낙 잘 맞은 공이라 맞아도 할 말
이 없었다. 이후 중견수 플라이 때 실점이 되었다. 포스트
시즌 18이닝, 운비의 첫 실점이었다.

스코어는 5 대 4.

8회.

컵스는 파격적인 투수 기용을 했다. 원아웃에 2루타가 나오자 스페셜리스트로 아리에타를 올렸다. 아리에타는 8회의 남은 아웃 카운트를 책임지고 내려갔다.

그 사이에도 운비는 혼자였다. 4회 노아웃에 올라와 8회까지 내리 폭주한 운비였다. 5이닝 동안 삼진 7개에 1실점으로 호투했다. 마운드를 내려가면 피로가 느껴졌다.

내색하지 않았다.

마운드에 서면 다시 회복이 되는 까닭이었다. 하지만 기다리는 추가점이 나오지 않았다. 이제 남은 건 한 이닝이었다. 9회 초. 브레이브스는 한 점 차이를 극복하지 못한 채 마지막 이닝을 맞이하게 되었다.

"마운드에 데이비스가 등장합니다."

중계석의 멘트가 나오기도 전에 구장이 달아올랐다. 로얄 데이비스가 나온 것이다. 그의 등장 음악은 압도적이었다. 듣는 이의 피를 서늘하게 만드는 곡이었다.

"데이비스입니다. 컵스의 수호신 데이비스!"

중계석이 들뜨기 시작했다.

"5 대 4, 충분히 쉬었으니 한 이닝 정도 막는 건 무리가 없겠죠?"

"그럴 겁니다. 경기 전에 만나봤는데 2, 3이닝도 문제없다고 자신감을 보이더군요."

"게다가 포스트 시즌의 사나이 아닙니까?"

"한마디로 후덜덜하죠."

"팬들에게는 또 하나의 즐거움이 되겠군요."

"왜 아닐까요? 오늘 그의 커터와 너클 커브가 컵스의 챔피언시리즈 위닝샷이 되리라 봅니다."

"그다음은 월드시리즈죠."

"당연한 말씀."

"타석에 브레이브스의 켐프가 들어섭니다. 상대 전적은 어떻습니까?"

"많이 만난 적은 없지만 데이비스의 우위입니다. 4번이라고 해도 전혀 주눅 들지 않을 겁니다."

"자, 이제 아웃 카운트는 세 개 남았습니다. 세 개만 잡으면 올해도 컵스가 챔피언시리즈에 나가게 됩니다."

"아, 저쪽에서는 내셔널스가 이미 기다리고 있는 상태죠?"

"그렇습니다. 다저스를 3승으로 일축시켰죠?"

"다저스는 다시 한번 포스트 시즌에 약한 면을 노출했습니다. 4 대 0으로 앞서가던 1차전을 커쇼가 내려간 8회부터 점수를 내줘 6 대 4로 무릎을 꿇은 게 치명타였죠? 터너를 내셔널스에 팔아먹은 것도 패인의 하나고요."

"포스트 시즌에 약하다는 커쇼가 모처럼 호투한 경기였

는데 아쉽게 되었습니다. 불펜이 경기를 말아먹었으니……"

"그게 야구죠."

"덕분에 내셔널스는 충분한 휴식을 누리며 대비 중입니다. 여기서 브레이브스와 컵스가 피 튀기는 공방을 벌이는 동안 말이죠."

"이미 한쪽은 정해졌습니다. 나머지 한 장의 티켓은 여기 컵스와 브레이브스의 경기 결과로 결정이 되겠습니다."

"와아아!"

"와아아!"

중계석의 멘트를 들은 것인지 관중석은 더 달아올랐다.

"데이비스!"

"데이비스!"

컵스의 팬들은 이미 디비전시리즈를 가진 듯이 보였다. 한 점 차이라지만 포스트 시즌에 강한 클로저 데이비스. 그가 선 마운드는 철옹성처럼 높아 보였다.

켐프는 차분하게 배트를 조율했다. 마지막 이닝의 선두 타자. 큰 것보다 출루가 우선이었다.

빡!

초구는 커터가 들어왔다. 운비의 공 못지않게 타자 가슴을 파고드는 공이었다. 주심은 기다렸다는 듯이 손을 들었다.

'초구는 패스트 볼⋯⋯.'

켐프는 데이비스의 투구 성향을 떠올렸다. 초구 패스트 볼의 비율이 높은 투수였다. 2구와 3구는 컷 패스트 볼이나 커브를 즐겨 사용한다.

'커브.'

켐프의 선택은 커브였다. 데이비스의 커브는 너클성으로 들어올 때가 많았다. 밋밋한 것 같지만 자칫하면 그라운드 볼. 하지만 언터처블은 아니었다. 호흡을 투구 폼에 맞췄다. 2구는 과연 커브였다.

짝!

제대로 맞췄지만 조금 윗부분이었다. 공은 1루수 쪽 파울이 되었다.

'포심.'

켐프는 커브 공략에 실패하자 궤도를 수정했다. 3구는 유인구로 컷 패스트 볼이 들어왔다. 배트를 밀어 공을 걷어냈다. 다음 공이 다시 커브였다. 하지만 몸 쪽으로 바짝 붙어 오기에 건드리지 않았다.

볼카운트 1─2.

5구가 중요했다. 몸 쪽으로 바짝 붙였다는 건 바깥쪽 낮은 공을 구사하기 위한 눈속임. 드러나지 않게 홈 플레이트를 조율하며 데이비스를 쏘아보았다. 사인을 받은 투수가 와인드업에 들어갔다.

'포심.'

기다리던 공이 날아왔다.

짝!

'젠장!'

타격음과 함께 켐프가 입술을 깨물었다. 타이밍이 살짝 빗나간 것. 공은 3루 쪽 스탠드로 들어가는 파울이 되었다. 켐프는 무려 8구까지 가는 실랑이를 벌였다. 7구 파울은 거리상으로 보면 홈런에 가까운 대형 파울이었다. 볼카운트 역시 갈 데까지 가서 3—2. 거기서 들어온 커터에 배트가 나갔다.

"……!"

임팩트 포인트가 왔지만 배트에 닿지 않았다. 켐프는 휘청, 빈 허공을 긁는 수밖에 없었다.

"스트럭아웃!"

주심의 주먹이 허공을 찔렀다. 커터는 물에서 갓 건져놓은 숭어처럼 팔팔했다. 데이비스의 컨디션이 기가 막히다는 반증이었다.

'젠장!'

아쉽지만 담담하게 돌아섰다. 이제 원아웃. 데이비스의 컨디션으로 보아 이후 타자들이 진루하기는 힘들 것 같지만 사기를 해치는 말은 하지 않았다. 야구란 늘 상대성과 의외성이 있는 까닭이었다.

"와아아!"

원아웃이 되자 컵스의 팬들이 기세를 올렸다. 데이비스에게 힘을 실어주는 것이다. 스니커는 대타로 맞섰다. 가르시아 대신 마카키스였다. 마카키스의 정확도와 선구안, 그리고 관록에 기대하는 조치였다. 하지만 그 기대는 단숨에 무너져 버렸다. 마카키스는 칠까 말까 하다 초구를 건드려 버려 유격수 앞에 갖다 바치고 말았다.

"우!"

브레이브스 스탠드에서 낮은 탄식이 흘러나왔다.

투아웃!

마운드의 데이비스는 점점 더 높아 보였다. 이제는 한 점이 아니라 10점 같은 거리감이었다. 1, 2차전을 내주고 기적처럼 따라붙은 브레이브스. 언더독의 위대한 도전은 이대로 끝나는 것 같았다.

삑!

여세를 몰아 초구 스트라이크가 들어왔다. 타석의 플라워스는 심호흡으로 마음을 달랬다. 이럴 때는 대충 치고 쉬고 싶은 마음도 들었다. 자신에게 쏠리는 중압감을 빨리 내려놓고 싶은 것.

빡!

"스투롸익!"

주심의 콜도 빨라졌다.

"와아아!"

컵스의 팬들은 이미 파장 분위기였다. 그들의 더그아웃도
들썩거렸다. 볼카운트 투낫씽. 스트라이크 하나만 더 꽂히
면 일제히 뛰어나올 태세를 끝낸 컵스의 전사들이었다.

부욱!

데이비스의 공이 바람을 갈랐다. 강력한 컷 패스트 볼.
궤적으로 보아 스트라이크였다.

빡!

미트 소리와 함께 데이비스는 주먹을 불끈 쥐었다. 포수
콘트레라스도 공을 놓고 마운드로 뛰었다. 하지만 주심의
콜은 나오지 않았다. 공 반 개 정도가 빠졌다고 본 것이다.
함께 일어섰던 관중들도 아쉬움에 몸을 떨었다. 콘트레라스
는 홈으로 돌아가 벗어 던졌던 마스크를 집어 다시 썼다.

'포심 한 방.'

마지막 선택은 패스트 볼이었다. 어쩐지 얼어붙은 것 같
은 타자였다. 더 볼 것도 없이 한 방 꽂아 경기를 매조지하
고 싶었다.

'좋지.'

데이비스도 같은 생각이었다. 분위기로 보아 이 경기는 이미 끝나 있었다. 그 화려한 확인을 위해 데이비스의 포심이 날아갔다.

짝!

침묵하던 플라워스의 방망이가 돌았다. 조브리스트가 펄쩍 솟구쳤지만 잡지 못했다. 우중간에 떨어지는 안타였다. 저무는 게임에 희망의 빛 하나가 피어오른 것.

투아웃에 1루.

데이비스는 쓴 입맛을 다셨다. 제대로 들어간 공이지만 타격이 좋았다. 하지만 그래봤자 여전히 투아웃이었다.

다음 타자는 스완슨이 나왔다. 시즌 초반에 펄펄 날다가 추락한 타자. 데이비스는 1루에 견제구 하나를 던졌다.

깝치지 말고 베이스에 붙어 있어.

그 뜻이었다. 플라워스라면 단독 도루는 걱정하지 않아도 됐다. 타자에만 집중하면 되는 것이다.

'너클 커브.'

사인을 받은 데이비스가 키킹을 할 때였다. 슬금슬금 움직이던 플라워스가 돌연 2루를 향해 뛰었다. 초구 도루. 스니커의 대도박이었다. 덕분에 릴리스 포인트가 흔들린 데이비스. 공은 볼이 되고 말았다. 벌떡 일어선 콘트라레스가 빠른 송구로 2루에 공을 날렸다.

"세잎!"

2루심의 콜은 빨랐다. 접전이었지만 플라워스의 슬라이딩이 빨랐던 것. 투수와 포수는 다소 김빠진 꼴이 되었다. 기분을 잡친 탓일까? 천하의 데이비스도 제구가 흔들리기 시작했다. 풀카운트까지 가는 실랑이 끝에 스완슨은 볼넷을 얻었다. 준수한 선구안이 한몫을 한 것이다.

투아웃에 1, 2루.

하위타선이지만 역전주자까지 나간 브레이브스였다.

컵스의 벤치가 마운드로 올라왔다. 다른 게임 같았으면 데이비스가 알아서 할 일. 하지만 이 경기는 챔피언시리즈 진출을 결정하는 마당이었다.

"주자는 신경 끄고 타자에게만 집중해."

투수코치는 데이비스에게 주의를 환기시켰다.

타석에는 알비에스가 들어섰다. 대타를 쓸 수도 있지만 딱히 마땅치 않았다. 게다가 알비에스의 배팅 스피드가 좋으므로 그대로 밀어붙이는 스니커였다.

알비에스는 천천히 타석에 들어섰다.

'서두르지 말고.'

머릿속에는 타격 코치의 조언이 들어 있었다. 알비에스 역시 루키. 팀의 운명을 짊어진 타석이 부담스럽지 않을 리 없었다.

쾅!

쾅!

어쩔 사이도 없이 투 스트라이크를 먹었다. 두 번 다 헛
스윙이었다.

"으아!"

부러진 배트를 바꿀 때 브레이브스 스탠드에서 날아온 한
숨 소리가 고스란히 들렸다. 고개를 들다 배트를 들고 있는
운비와 시선이 맞닿았다. 운비는 엄지를 세워 보였다. 그 엄
지를 보는 순간, 하얗게 변한 알비에스의 머리에 제정신이
들어왔다.

황운비.

알비에스보다 어렸다. 하지만 그는 어리지 않았다. 마운
드의 운비는 늘 경기의 리더였다. 루키들의 본보기였다. 오
늘도 그랬다. 그는 출격하지 않아도 되는 로테이션이었다.
그럼에도 팀을 위해 등판을 자처했다. 그리고 기울어가던
팀의 호흡 장치를 붙들어주었다. 하지만 타자들은 그를 위
해 한 것이 없었다.

'황······.'

한 시즌 내내 함께한 황운비. 그는 늘 그랬다. 수비들이
실책을 해도 탓하지 않았다. 다른 투수들처럼 글러브를 팽
개친 적도 없었다. 그는 늘 행복하고 긍정적이었다. 덕분에

알비에스는 포스트 시즌을 맛보았다. 여기까지 온 것이다.

배트를 고른 알비에스, 운비를 향해 엄지를 세워 보였다. 두 엄지는 텔레파시라도 교환하는 듯 하얗게 빛나 보였다.

다시 타석으로 올라온 알비에스, 3구로 들어온 커브를 차분하게 골라냈다.

'황…….'

한 번 더 운비를 떠올렸다. 이 타석에서 해결해야 했다. 볼넷도, 짧은 단타도 의미가 없었다. 다음 타자는 황운비. 그의 구위로 보아 9회 말도 맡을 확률이 컸다. 그런 투수에게 타점의 책임까지 지운다는 건 있을 수 없는 일이었다.

'던져라. 데이비스. 나는 준비가 끝났어.'

알비에스의 눈이 반짝이는 순간, 데이비스가 자랑하는 커터가 위닝샷으로 들어왔다.

짝!

알비에스는 무심하게 배트를 돌렸다. 힘이 들어가지 않은 자연스러운 스윙이었다. 공은 우익수 쪽으로 쭉 날아갔다. 헤이워드가 팔을 뻗었지만 닿지 않았다. 우익수를 빠져나간 공은 펜스까지 굴러갔다.

"와아아!"

열광의 함성과 함께 플라워스가 홈을 밟았다. 스완슨 역시 경쾌한 슬라이딩으로 홈 플레이트를 찍었다. 그사이에 2루에 들어간 알비에스가 두 팔을 뻗으며 사자처럼 포효했다.

"으아아아!"

알비에스의 포효에는 눈물이 배어 있었다.

스코어 6 대 5.

기적의 역전타를 친 알비에스였다.

9회 말, 매조지 역시 운비가 맡았다. 헤밍톤이 의사를 물어오자 운비는 당연히 Yes를 택했다. 이제는 완전하게 바뀌어 버린 분위기. 운비는 서두르지 않고 하나하나 저격 피칭으로 타자를 잠재웠다. 마지막 남은 아웃 카운트 하나. 그타자는 3구 루킹 삼진으로 뭉개놓았다.

"스뚜럭아웃!"

주심의 콜과 함께 플라워스가 펄쩍 뛰었다. 그는 운비에게 달려가다 쓰러졌지만 벌떡 일어나 또 뛰었다. 그사이에 프리먼이 운비를 덮쳤다. 스완슨도 덮쳤다. 리베라와 인시아테가 빠질 리 없었다. 브레이브스의 선수들은 한 덩어리가 되어 그라운드에서 감격을 나누었다.

스탠드의 윤서도 스칼렛의 품에 안겨 눈물을 뿌렸다. 정신이 들자 그녀는 바로 한국의 부모에게 연락을 때렸다.

"엄마, 운비가 이겼어. 브레이브스가 챔피언시리즈에 올라갔다고!"

그녀의 말을 들은 걸까? 마운드의 운비가 두 팔을 뻗으며 포효를 했다. 디비전시리즈 3승 중에 2승. 서의 운비 혼자 책임진 마운드였다.

브레이브스!

운비의 역투를 발판으로 기적의 역전승을 거두며 챔피언 시리즈에 올라가게 되었다.

나와라, 내셔널스.

브레이브스 전사들은 거침이 없었다.

10. NL 챔피언시리즈

양키스 VS 에스트로스.

브레이브스 VS 내셔널스.

올해의 월드시리즈는 두 물결의 격돌로 판가름 나게 되었다.

아메리칸 리그에서는 양키스와 에스트로스가 꼭대기까지 올라왔다. 양키스는 트윈스를 일축했고 에스트로스는 와일드카드를 거머쥔 인디언스를 잡았다.

챔피언시리즈는 7전 4선승제. 챔피언 반지의 향방은 그 4승으로, 월드시리즈의 주인공이 결정될 판이었다.

전문가들의 전망이 우후죽순으로 발표되었다. 내셔널리그에서는 내셔널스가, 아메리칸 리그에서는 에스트로스가 최종 패권을 쥘 것으로 보는 시각이 우세했다.

올해 에스트로스의 승률은 좋았다. 양대 리그를 나눠가진 컵스의 승률보다도 높았다. 단기전을 다르다지만 그만큼 안정적인 전력이라는 것. 그에 비하면 브레이브스의 우승 가능성은 아주 낮게 평가되었다. 얇은 선수층과 빅게임의 리더가 없다는 것. 전문가들은 브레이브스가, 여기까지 온 것만 해도 기적이라고 평했다.

하지만 브레이브스의 생각은 달랐다. 시즌 초반, 지구 4, 5위로 평가되던 전력이었다. 그걸 선수들의 단결과 패기로 뒤집은 브레이브스였다. 전문가들의 예측은 와일드카드 결정전부터 살포시 뭉개주었다. 카디널스를 누른 것이다.

컵스와의 디비전시리즈는 더욱 그랬다. 그 누구도 예상치 못한 브레이브스의 승리. 이미 두 번이나 기적을 일으킨 적이 있는데 또다시 기적을 일으키지 말라는 법은 없었다.

콜론과 딕키를 제외하면 선발 라인업에서 가장 젊은 팀. 내셔널스나 다저스, 양키스와 비교하면 초라할 정도로 몸값이 싼 언더독의 대표적인 팀. 그들의 위대한 도전은 여전히 진행형이었다.

<포스트 시즌 17이닝 1실점 ERA 0.529>

<브레이브스의 전설을 이끄는 초특급 오리엔탈>

<미러클 황, 브레이브스의 심장이 되다>

2,920.

카디널스전이었다. 결정구로 꽂힌 포심의 RPM이 무려 2,920이었다. 그전까지 황이 시즌 중에 기록한 최고의 회전율은 메츠의 세스페데스를 잡은 2,800이었다.

리그의 전문가들은 RPM 2,400 이상의 패스트 볼을 정상급으로 평가한다. 이는 2017년 평균 RPM 2,226회에서 100 이상 높은 회전이다.

대표적으로 브리안 에즈워드가 꼽힌다. 그의 패스트 볼은 피안타율 0.113을 기록함으로써 광속구를 던지는 제임스 채프먼을 가뜬히 제쳤다. 채프먼보다 100 이상 더 많이 회전한 RPM 덕분이었다.

전문가들은 당분간 에즈워드의 1인 통치가 펼쳐질 것으로 예상했다. 그 예측을 뭉개 버린 것이 바로 황의 등장이다.

—황운비(17승 6패 ERA 2.58).

황은 코리아에서 날아왔다. 동양인으로서는 보기 드문 빅유닛 좌완이다. 브레이브스는 당시 치열한 스카우트 전에서 동양 친화적인 스칼렛을 내세워 황을 '거저' 주워 먹었다. 그러나 브레이브스는 투자를 제대로 했다. 선발투수진이 얇은 브레이브스. 그해 당장 등판시켜도 4, 5선발을 맡길 수 있었겠지만 야심찬 리빌딩 프로그램으로 갈고 닦을 시간을 부여한 것. 이름하여 엘리트 육성 프로그램 BFP.

지난해, 꼴찌의 수모를 겪으면서도 구단은 황을 콜업하지 않았다. 그가 메이저 타자들을 상대할 수 있는 공을 만들 수 있도록 기다린 것이다.

사실, 황이 스프링캠프에 참가했을 때만 해도 리그는 그를 주목하지 않았다. 이미 더 많은 구단에서 더 많은 유망주를 홍보하고 있었고, 실제로 펄펄 나는 선수들도 많았다.

하지만 시즌이 깊어갈수록 다른 구단들은 알게 되었다. 브레이브스에게 지상 최고의 대어를 헐값에 뺏겼다는 걸. 황이 거둔 17승은 그래서 더욱 빛이 났다. 불모지에서 거둔 17승인 까닭이었다.

전문가들은 황이 타격이 좋은 팀에서 던졌다면 22승을 무난했을 거라는 평가를 내놓고 있다. 그 근거가 바로 RPM이다. 황은 이 RPM을 1,500에서 2,800 사이로 자유롭게 조율하며 타자들을 농락한다. 덕분에 루키에 불과하면서도 패스트 볼 헛스윙률 9.4%를 자랑하고 있다. 이는 존 바에스의 8.9%, 알렉스 커쇼의 7.5%를 뛰어넘는 기록이다.

그럼 RPM만으로 17승을 일구었을까? 그럴 리 없다. 가난한 구단의 루키에 불과한 그가 험난한 한 시즌을 치르는 데 있어 RPM 하나만을 믿기에는 부족하다.

그 뒤를 잇는 것이 바로 콘트롤과 두뇌다. 황의 제구력 역시 정상급에 속한다. 이는 그가 허용한 볼넷과 홈런 수치에서도 명쾌하게 드러난다.

나아가 리그 적응력 또한 놀랍도록 빨랐다. 그는 이따금 하이패스볼로 승부를 즐긴다. 이는 동양 야구와 배치되는 점이다. 그러나 그는, 메이저리그가 하이 패스트 볼의 시대라는 걸 몸으로 간파했다. 최근의 타자들이 낮은 공보다 높은 공에 약한 걸 알아차린 것이다.

아울러 디셉션과 딜리버리 능력 또한 흠잡기 어렵다. 나아가 투수로서의 멘탈 역시 아이언 마스크라는 닉네임에 어울리게 'Very strong' 하다.

실제로 그는 장타를 맞거나 수비 실책이 나와도 찡그리지 않는다. 오히려 샤우팅으로 팀원들의 사기를 돋구어준다. 이래저래 브레이브스에게 엄청난 축복이 아닐 수 없다.

황운비.

그는 이미 팀을 챔피언스 리그에 올려놓았다. 이제 그는 월드시리즈를 꿈꾸고 있다. 코리아에서 날아온 좌완 빅 유닛 황. 그는 브레이브스에서 가장 뜨거운 심장으로, 팀을 가열하며 폭주하고 있다. 올 시즌 최고 RPM을 장착한 패스트 볼을 주 무

기로 장착한 채 벼르고 있는 포스트 시즌. 브레이브스 팬들은
하루하루 즐거운 기대 속에 살고 있다.

<Reporter R. rhisa>

리사의 기사가 나온 시간, 운비는 스칼렛의 집에 있었다.
그가 만든 스페셜 치킨 스튜를 먹기 위해서였다. 그 안에는
한국에서 공수된 6년근 홍삼이 잔뜩 첨가되었다. 참석자는
모두 일곱 명이었다. 운비와 윤서, 인시아테와 리베라, 거기
에 더해 차혁래와 리사까지.

"황!"

요리를 끝낸 스칼렛이 운비를 불렀다.

"황이 좀 퍼주라고. 늙으니까 7인분 요리하기는 좀 버거운데?"

"그럼 각자 퍼먹으라고 하죠, 뭐."

"안 되지. 이 요리는 황이 우선이니까."

"좋습니다. 그럼……."

운비는 스칼렛의 요청대로 한 접시를 덜어냈다. 그런 다
음 바로 스칼렛에게 내밀었다.

"나?"

"당연하죠."

"이건 황을 위한 요리야."

"저를 오늘 이 자리에 있게 해주신 분이 스칼렛입니다. 저

보다 먼저 드실 자격 있어요."

짝짝!

뒤에서 박수가 넘어왔다. 리사와 인시아테였다. 둘은 황의 매너에 아낌없는 박수를 보냈다.

"자, 이제 알아서들!"

두 번째 접시를 챙긴 운비가 국자를 넘겼다.

"야아, 너는 누나도 안 챙기냐? 홍삼 가져온 게 누군데?"

윤서가 대뜸 응석을 부렸다.

"누나는 챙겨줄 사람 있잖아?"

"그래도 그렇지."

"어이쿠, 그럼 나도 리사부터 챙겨야겠네?"

눈치 빠른 차혁래가 일착으로 국자를 잡았다.

"으아, 이럴 줄 알았으면 인젤라라도 데리고 올걸. 완전 외기러기 신세네."

짝이 맞지 않는 리베라가 엄살로 분위기를 맞췄다.

"왜 이러서? 여기 스칼렛과 나도 있는데."

"웃기시네. 스칼렛이야 늙었으니까 그런 거고 너는 아까부터 모바일에 눈 박고 있는데 뭐가?"

"봤냐?"

운비가 웃었다. 장리린과 문자 주고받는 걸 들킨 모양이었다.

"참, 눈꼴 서서··· 나도 걸 프렌드 하나 만들던지 해야지······."

"소개시켜 줄까?"

스튜를 퍼온 인시아테가 말을 건넸다.

"됐거든요. 커플들하고는 말 안 섞어요."

리베라는 한쪽 어깨를 으쓱해 보이고는 스튜를 챙겨들었다.

"웁!"

그러나 한 입을 물더니 바로 인상을 찡그리는 리베라.

"좀 쌉쌀하겠지만 참고 먹어. 한국의 홍삼이 몸에 무지하게 좋거든. 챔피언시리즈에서 게임당 홈런 두 개 문제없을 거다."

"그럼 황은 3승?"

"3승이면 안 되죠. 투수 네 명이 사이좋게 1승씩 올리고 가야지 우리 운비만 혹사할 일 있어요?"

인시아테 옆의 윤서가 바로 공박을 했다.

"흠흠··· 그거 말이 되기도 하고······."

그때 담장 밖으로 손님이 도착했다. 헤밍톤이었다.

"이야, 이거 내가 좋아하는 스튜 아냐?"

"이어, 헤밍톤."

"헤밍톤."

스칼렛과 멤버들이 헤밍톤을 반가이 맞았다.

"웬일이신가?"

"잠깐 쉬는 사이에 빚진 게 생각나지 뭡니까?"

"빚진 거?"

"지난번에 제가 챔피언시리즈에 나가게 되면 스칼렛에게 큰절을 올리겠다고……."

"그걸 지금 하려고?"

"못 할 거 없죠."

"됐네. 나야 마음만 받아도 고맙지. 와서 함께 먹게."

"그런데……."

헤밍톤의 시선이 스튜 냄비에서 멈췄다. 음식은 하나도 남아 있지 않았다. 그래도 기분은 좋았다. 좋은 사람들이 모였다. 그렇기에 신뢰가 높아지고 있었다. 서로 통한다는 건 기분을 좋게 만든다. 그건 미국 땅에서도 불변의 진리였다.

"어머니에게 고맙다고 전화라고 해야겠네?"

집으로 돌아온 운비가 핸드폰을 열었다.

"홍삼 때문에?"

"응."

"그런데 그게 좀……."

윤서가 곤란한 표정을 지었다.

"왜?"

"사실은 그 홍삼, 엄마가 산 게 아니래."

"그럼? 혹시 팬클럽에서?"

"그게 아니고… 너 소야도에 친구 있다고 했었지?"

"응."

"그 친구 아버지가 가져왔대. 혹시 미국 가거든 좀 전해달라고."

"정말?"

윤서의 한마디는 운비의 정신 줄에 강력한 파장 하나를 던져놓았다.

"응, 가끔 뉴스 보면서 네 소식 듣는데 너무 기분 좋다고… 꼭 신인왕도 먹고 월드시리즈도 먹으라고……."

"……!"

운비는 가슴이 먹먹해 뭐라고 대꾸하지 못했다. 배 속의 홍삼을 생각했다. 그랬구나. 그게 아버지의 선물이었구나. 아버지의…….

주륵!

흘러나올 뻔한 눈물을 안으로 삼켰다. 승우가 죽은 날부터 헛소리를 해대던 키 멀쑥한 놈. 승우가 꿈꾸던 빅 유닛으로 태어난 놈. 그놈이 메이저에 진출해 꿈을 이뤄가고 있다. 그걸 본 곽민규, 그것도 인연이라고 좋은 홍삼을 골라 보냈다. 먹고 힘내라고. 힘내서 우리 아들이 꾸던 꿈을 대신 다 이루어주라고. 기왕이면 챔피언 반지를 끼라고. 홍삼에 담긴 의미는 그렇게 생각했다.

　—고맙습니다. 홍삼 지상에서 가장 맛나게 먹었어요. 꼭 좋은 결과 내도록 노력할 게요. 승우 친구 황운비.

　문자를 보냈다. 곽민규에게서 답문은 오지 않을 것이다. 그래도 상관없었다. 그가 보낸 홍삼은 이미 배 안에 들어와 있었다. 힘이 될 것이다. 챔피언시리즈와 월드시리즈… 아니, 운비의 메이저리그 여정이 끝나는 그날까지.

　방으로 돌아온 운비는 게임기를 쓰다듬었다. 이 게임기… 곽민규가 준 것이다. 원래 그의 것이다. 오늘은 혹시 될까? 스위치를 눌렀다. 불은 들어오지 않았다.

　'고마워요……'

　아빠…….

　뒷말은 목 안에 뜨겁게 밀어두었다. 그날 밤, 운비는 한국 쪽으로 머리를 두고 잠들었다. 입안에 맴도는 홍삼의 잔향, 머리에 맴도는 곽민규와 소야도의 파도 소리.

　쏴아아.

　철썩!

　개운하고 개운한 밤이었다.

　덜컥!

　비행기 바퀴 내리는 소리가 들렸다. 마침내 챔피언시리즈 1차전이 열리는 내셔널스의 하늘이었다. 챔피언시리즈는 7전 4선승제. 내셔널스에서 1, 2차전, 브레이브스에서 3, 4, 5차전, 그리고도 승부가 나지 않으면 6, 7차전은 다시 내셔널스의 홈구장에서 승부를 봐야 했다.

"자자자, 여러분."

켐프가 앞쪽에서 소리쳤다.

"여기가 어딥니까?"

"우리가 뭉개줄 내셔널스의 하늘."

프리먼이 화답했다.

"맞습니다. 산뜻하게 2승 올리고 홈으로 갑시다. 거기서 2승더 추가해서 게임 끝내고 아메리칸 리그의 승자를 기다립시다."

"와우우!"

휘이익휘이익!

함성과 휘파람 소리가 비행기를 흔들었다.

덜컹!

조금 더 큰 흔들림과 함께 비행기가 활주로에 멈췄다.

펑펑!

기자들이 몰려들었다. 팬들도 몰려들었다.

"황운비, 황운비!"

운비의 팬들은 키 큰 서양인들 틈에서 태극기를 흔들며 소리쳤다. 운비는 그들에게 손을 들어보였다.

내셔널스 VS 브레이브스.

사실 내셔널리그의 챔피언시리즈는 컵스 VS 다저스의 구
도로 보는 예상이 일방적이었다. 그러나 결국 만난 건 브레
이브스와 내셔널스였다. 다저스는 여전히 가을 야구에 약했
다. 나아가 내셔널스는 만반의 준비를 하고 올라온 가을야
구였다.

실로 오랜만에 열리는 동부지구 팀들끼리의 챔피언시리즈.

양 팀 감독은 2차전까지의 선발투수를 예고해 놓았다.

내셔널스—1차전 슈허저, 2차전 스트라스버그.

브레이브스—1차전 테헤란, 2차전 토모.

슈허저 VS 테헤란.

스트라스버그 VS 토모.

이변이 일어나지 않는 한 운비의 등판은 3차전이었다. 물
론 스니커는 운비를 1차전에 내고 싶었다. 그러나 컵스와의
마지막 게임을 책임진 운비. 쉬는 날이 부족하므로 그럴 수
는 없는 일이었다.

기자회견이 시작되었다.

양 팀 감독의 출사표는 조금 달랐다.

"여기까지 온 브레이브스에게는 미안하지만 4승으로 끝내겠습니다. 셧아웃시키지 못하면 월드시리즈에 나가도 출혈이 심할 것 같기 때문입니다."

내셔널스 감독은 우월감에 불타고 있었다.

"4승은 우리 몫입니다. 우리 선수들은 이제 이기는 법을 압니다. 나는 선수들을 믿습니다."

스니커도 지지 않았다.

전문가들은 내셔널스의 4승 1패, 혹은 4승 2패 승리를 예상했다. 운비와 콜론이 등판하는 3, 4차전에서 한두 번 정도 승리 가능성을 열어둔 것. 다저스를 3승으로 누르고 온 내셔널스였기에 체력적 부담이 없었다. 하지만 브레이브스는 최종전까지 치루면서 가진 전력을 다 쏟아부은 상태. 이래저래 불리한 브레이브스였다.

그리고…….

마침내 내셔널스의 홈에서 1차전이 시작되었다. 내셔널스의 철벽 슈허저와 브레이브스 마운드의 리더 테헤란의 충돌이었다.

〈내셔널스 뎁스 차트〉

1번 타자: 미구엘 터너(SS)

2번 타자: 크리스 하퍼(RF)

3번 타자: 오마르 터너(3B)

4번 타자: 라파엘 짐머만(1B)

5번 타자: 롤란 머피(2B)

6번 타자: 데릭 아로요(LF)

7번 타자: 카터 렌돈(CF)

8번 타자: 로디 워터스(C)

9번 타자: 오스틴 슈허저(P)

내셔널스의 스타팅 라인이 나왔다. 그건 공포 그 자체였다. 시즌 초반과는 확연히 달라진 타순. 가장 큰 변화는 오마르 터너의 영입이었다. 여름 이적 시장을 흔든 뉴스 메이커 터너. 그가 합류함으로써 구멍이던 3루 수비 보완은 물론, 팀 타율까지 훌쩍 올라간 내셔널스였다. 후반기, 터너의 가세는 내셔널스의 상승세에 결정적인 역할을 했다.

AVG 0.378.

내셔널 리그 정규 시즌 타율 1위.

타격 뿐 아니라 수비도 발전하고 있었다. 그는 이적 직전의 친정 다저스와의 디비전시리즈에서도 명품 수비를 두 번이나 선보였다. 특히 2차전 2 대 0의 아슬아슬한 리드 중, 8회 말

만루에서 선보인 삼중살은 그만이 할 수 있는 최고의 플레이였다. 빠졌으면 역전이 되었을 것을 수비 하나로 한 게임을 건진 터너였다. 다저스는 터너를 내셔널스로 보낸 것에 대해 통한의 눈물을 흘려야 했다.

그가 합류함으로써 부수적인 이점(?)도 생겼다. 바로 유격수 터너와 이름이 같다는 것. 상대편에게 머리 쓸 일 하나를 더 만들어준 것이다.

또 하나는 깜짝 트레이드로 강화한 불펜. 레이스에서 온 로버트 콜롬이 그 주인공이었다. 덕분에 간당거리던 내셔널스의 불펜은 단숨에 리그 정상권에 이름을 올렸다.

비보도 있었다. 이톤의 시즌 아웃이 그것이었다. 세이블 세터로 활약하던 그가 부상으로 시즌을 접을 때 내셔널스의 코칭스태프의 표정은 무거웠다. 하지만 되는 집안은 달랐다. 거기 카터 렌돈이 있었던 것이다. 땜빵용으로 들어온 렌돈은 마치 기다리고 있었다는 듯 펄펄 날았다.

시즌을 마칠 때까지 그의 성적은 AVG 0.348에 OPS 0.996. 리그 정상급의 활약이었다. 여기에 더한 루키 데릭 아로요와 페드로 키봄, 오스틴 보스의 활약은 시즌 막판 내셔널스의 피로도를 확실하게 줄여주었다. 특히 페드로 키봄과 오스틴 보스는 신인왕의 유력한 후보로 오르내릴 정도로 활약이 좋았다.

"크헙!"

타순을 본 카브레라가 몸서리를 쳤다. 2번부터 7번까지가 3할 타자였다. 거기에 두 명은 NL 타율 5위 안의 고타율 타자들. 이들 여섯 타자의 타율 평균은 내니 무려 0.338. 가히 가공스러운 타율이었다.

"쫄았군요?"

운비가 슬쩍 염장을 질렀다.

"쫄긴 누가?"

"방금 그 표정… 확 삭았잖아요?"

"그거야 줄줄이 3할이니까……."

"그래도 우리 투수진에게는 3할이 안 되죠."

"황하고 존슨 빼면 안 될 것도 없어."

"역시 쫄았군요?"

"아니라니까."

카브레라가 소리치는 사이에 테헤란이 글러브를 챙겨 들고 나왔다.

"뭔데 그래?"

"그게… 쟤네들 타율이……."

"오늘 선발 출전 선수들 평균 AVG가 0.285?"

"봤어?"

"봤구나?"

투수들이 울상을 지었다.

"걱정 마. 우리 타자들도 만만치 않으니까."

테헤란은 찡긋 윙크를 남기고 몸풀기에 돌입했다.

'역시 우리 리더……'

보는 운비의 마음이 푸근했다. 테헤란은 누가 뭐래도 브레이브스 마운드의 기둥이었다.

"같이 뛰어줄게요."

운비가 런닝에 따라붙었다.

"너무 무리하지 마. 황은 우리 전력의 절반이니까."

"나보고 2승 책임지라는 말이군요?"

"그런가?"

"그러자면 먼저 모범을 보여야 합니다."

"인시아테에게서 리크의 행운까지 받았으니 해볼 만하지 않겠어?"

테헤란은 흰 이빨을 드러내며 웃었다.

─테헤란, 시즌 15승 9패 ERA 3.39.

─슈허저, 시즌 19승 9패 ERA 3.02.

일단 1차전 선발 무게는 슈허저의 압승이었다. 포스트 시즌 성적도 그랬다. 슈허저는 포스트 시즌 1승이지만 그 1승이 완투승에 1실점이었다.

전부 만만치 않지만 특별히 요주의 할 타자는 오마르 터너. 그는 하퍼, 짐머만과 함께 리그에서 둘째가라면 서러울 핵타선을 형성하고 있었다.

오마르 터너는 과연 명불허전이었다. 첫 대결부터 테헤란은 2루타를 허용했다. 다행이 원아웃 이후였고 3루수로 나온 가르시아가 다음 타자 짐머만의 선상 타구를 슈퍼 캐치로 건져 겟투에 성공하는 바람에 실점은 면했다.

초반 내셔널스 타자들은 테헤란의 슬라이더와 커브를 제대로 공략했다. 반면 테헤란의 입장에서는 브레이킹볼의 각이 그리 좋지 않았다. 아무래도 긴장한 모습이었다. 4회까지 다섯 주자를 내보냈지만 그래도 실점은 하지 않았다.

슈허저는 달랐다. 그는 4회까지 리베라 한 타자를 제외하고 전부 범퇴로 막았다. 열세 타자를 맞아 기록한 삼진만 6개일 정도였다.

6회, 위태롭게 지속되던 0의 행렬이 깨졌다. 그 출발 또한 오마르 터너가 주범이었다. 앞선 타석에서도 볼넷을 골라낸 터너, 카운트를 잡으러 들어온 커브를 통렬하게 받아쳤다.

짝!

소리가 함께 공은 벌써 외야수 위를 날고 있었다.

홈런!

"시즌 타율 1위 터너가 마침내 일을 벌입니다. 마침내 내셔널스가 선취점을 득점하는 데 성공합니다!"

내셔널스 중계석이 들썩거렸다.

"와아아!"

내셔널스 홈 팬들도 함께 들썩거렸다.

1점.

단 한 점이지만 그 기세는 3, 4점 이상이었다. 그렇잖아도 홈 경기라 다소 여유가 있던 내셔널스. 막힌 득점의 물꼬를 트자 한결 기가 살아났다.

테헤란은 다소 서둘렀다. 천금의 선취점을 내준 브레이브스 마운드의 리더. 어떻게든 빨리 이닝을 종결시켜 내셔널스의 사기 상승을 막으려는 생각이었다. 그러나 그 또한 테헤란의 실수였다. 브레이브스 마운드의 리더라지만 알고 보면 겨우 약관을 벗어난 나이. 그 역시 빅게임의 경험이 많지 않기에 한 타임 끊어갈 여유를 갖지 못한 것이다.

짝!

짐머만의 방망이가 다시 돌았다.

"아, 아!"

이번에는 중계진 셋이 동시에 일어섰다. 터너의 공이 넘어간 바로 그 자리. 그러나 약이라도 올리려는 듯 간발의 차이로 펜스를 넘는 백투백 홈런이었다.

2 대 0.

20 대 0만큼이나 멀어 보이는 점수였다.

테헤란은 7회를 무실점으로 넘겼지만 8회 다시 1, 3루의 위기에 몰리며 마운드를 내려왔다. 카브레라가 출격했다. 2 대 0이기에 포기할 수 없는 까닭이었다. 다행히 실점 없이 막았다. 8회 원아웃까지 2실점. 테헤란으로서는 호투한 게임이지만 타선의 침묵이 아쉬웠다.

9회 초.

7회부터 필승 마무리를 가동 중인 내셔널스였다. 마지막 클로저는 로버트 콜롬을 내세웠다. 콜롬은 내셔널스가 가을 야구를 고려에 두고 레이스에서 모셔온 리그 정상급 마무리였다.

마지막 반격에 나선 브레이브스의 타순은 괜찮았다. 선두로 나선 건 오늘 무안타에 볼넷 하나를 골라낸 인시아테. 마지막 집중력을 발휘해 내야안타를 만들어냈다. 이어 나온 리베라도 자신의 가치를 입증해 보였다. 느닷없는 기습 번트로 내야수비를 흔들며 내야안타를 건져낸 것.

노아웃 1, 2루.

브레이브스 벤치에 마지막 기회가 찾아왔다.

"와아아!"

팬들도 힘을 보탰다. 하지만 뒷 타자들이 좋지 않았다. 스

완슨이 좌익수 짧은 플라이로 돌아섰고, 켐프는 3—2에서
체인지업에 속아 삼진을 먹었다.

"아!"

더그아웃의 탄식과 함께 투아웃이 되었다.

타석에는 프리먼이 들어섰다. 헬멧을 눌러 쓴 그는 단단
한 시선으로 투수 콜롬을 쏘아보았다. 콜롬의 주 무기는 슬
라이더. 그것 하나만으로도 리그 정상권에 군림하는 선수였
다. 프리먼은 오늘 안타가 없었다. 그렇기에 애당초 슬라이
더를 머리에 그리고 들어갔다.

짝!

원 스트라이크에 이어 두 번째로 들어온 슬라이더를 당겼
다. 공은 좌측 라인 선상에서 두 뼘쯤 빗나간 파울이 되었다.

볼카운트 투낫씽.

3구는 유인구가 들어왔다. 잘 참아내 볼 하나를 얻었다.
그리고 4구째 다시 들어온 슬라이더에 프리먼의 집념을 실
어보냈다.

짝!

"아!"

공이 쭉 밀려 나가자 내셔널스 중계석이 짧은 반응을 했
다. 좌익수를 맡은 아로요가 달리고 있었다. 시즌 중반에
마이너에서 수혈된 아로요. 타격과 안정된 수비로 기여를

하며 달려온 그였다.

"아아……."

공이 펜스에 가까워지자 중계선의 목소리는 신음에 가까워졌다. 순간, 그라운드를 밝은 아로요가 펜스를 짚으며 이중 도약을 했다. 훌쩍 펜스까지 솟구친 아로요는 자신의 팔을 미친 듯이 뻗어 올렸다.

"아아아!"

한 번 더 들끓는 내셔널스의 중계석. 공은 거짓말처럼 아로요의 글러브 끝에 걸리고 말았다.

"아, 아로요… 아로요… 내셔널스를 살리는 슈퍼캐치가 나왔습니다. 펜스를 넘어가는 공을 그대로 건졌습니다. 1차전을 내셔널스가 가져갑니다. 첫 승을 가져가는 내셔널스입니다!"

캐스터의 목소리는 거의 실신 직전이었다. 브레이브스 더그아웃도 실신 직전이었다. 1승을 무참히 짓밟은 수비 하나. 프리먼은 1루 근처에 주저앉아 고개를 떨굴 뿐이었다. 바로 그때 운비의 샤우팅이 터져 나왔다.

"아자아자!"

놀란 선수들이 돌아보았다.

"괜찮아요. 이제 고작 1차전이잖아요? 결국 위너는 우리 브레이브스가 될 겁니다."

운비의 목소리는 방전된 선수들 머리에 불을 켜주었다.

1패.

그랬다. 챔피언시리즈는 이제 시작에 불과했다.

2차전.

내셔널스 구장은 들떠 있었다. 시즌 내내 라이벌 관계를 형성했던 브레이브스. 그러나 이 시점에 본 전력은 그때와 달랐다. 내셔널스가 볼 때 브레이브스의 주전들은 피로감이 축적되어 있었다. 선수층이 얇은 까닭이었다.

내셔널스는 달랐다. 시즌 중에 취약 포지션을 보강했고 깜짝 활약을 해준 두 루키가 건재했다. 나아가 정상급 불펜까지 쇼핑백에 담아옴으로써 불펜의 피로도를 덜었다. 이렇게 두툼해진 선수층은 다른 선수들에게도 파급을 미쳤다. 브레이브스보다는 한결 여유로운 것이다.

탁탁탁탁!

브레이브스 연습장의 외야는 오후부터 바빴다. 오늘의 주인공 토모는 결연하게 등장했다. 이마에 띠까지 묶었다. 재팬식 결의를 보인 것이다. 운비는 레오와 함께 나와 있었다.

"형!"

"황!"

"오, 결의가 대단한데?"

이마의 끈을 보며 운비가 웃었다.

"콜론처럼 마지막 불꽃을 태워보려고."

"마지막?"

"콜론이 너랑 약속했다며? 세 게임은 책임져 주겠다고."

"그랬지."

"나도 마지막 등판이라는 각오로 던져보려고."

"우린 아직 마지막 아니야. 끝까지 가야지."

"나도 그러고 싶다."

"그럼 시작할까요?"

트레이너가 나오자 운비가 두 팔을 뻗었다. 토모는 운비와 함께 스트레칭을 했다. 곧이어 블레어도 오고 테헤란도 왔다. 노장 콜론과 딕키도 나왔다. 그들은 의자에 앉아 기를 보태주었다.

팡!

팡!

레오의 미트에 공이 꽂혔다. 그사이에 플라워스가 장비를 갖추고 나왔다.

팡!

팡!

마무리 투구가 진행되었다. 가뜬히 몸을 푼 토모가 예열을 끝냈다. 그는 막간 인터뷰를 기다리는 리사를 향해 나갔다.

"레오!"

운비가 레오를 돌아보았다.

"세로 변화 투심 각 죽이고, 포크처럼 떨어지는 슬라이더가 제대로야. 오늘 토모가 일 좀 낼 것 같은데?"

"그렇죠?"

"더구나 투수조가 이렇게 힘을 실어주고 있으니……"

"토모 완봉!"

운비가 잘라 말했다.

"오케이, 완봉!"

레오가 손을 내밀었다. 운비는 불펜이 울릴 정도로 하이파이브를 해주었다.

짜악!

소리와 함께 경기가 시작되었다.

『RPM 3000』 8권에 계속…

초대형 24시 만화방

신간 100%, 샤워실, 흡연실, 수면실(침대석), 커플석, 세탁기 완비

▪ 시흥 정왕25시점 ▪

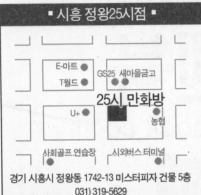

경기 시흥시 정왕동 1742-13 미스터피자 건물 5층
031) 319-5629

▪ 강북 노원역점 ▪

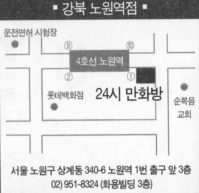

서울 노원구 상계동 340-6 노원역 1번 출구 앞 3층
02) 951-8324 (화용빌딩 3층)

▪ 일산 정발산역점 ▪

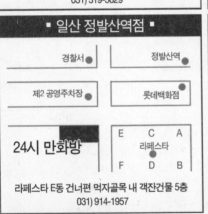

라페스타 E동 건너편 먹자골목 내 객잔건물 5층
031) 914-1957

▪ 일산 화정역점 ▪

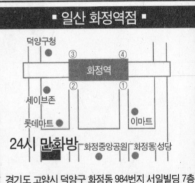

경기도 고양시 덕양구 화정동 984번지 서일빌딩 7층
031) 979-4874 (서일사우나 건물 7층)

▪ 부천 역곡역점 ▪

역곡남부역 기업은행 건물 3층
032) 665-5525

▪ 부평역점 ▪

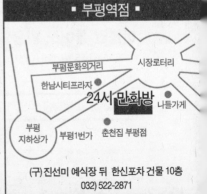

(구) 진선미 예식장 뒤 한신포차 건물 10층
032) 522-2871

이계진입 리로디드

임경배 퓨전 판타지 소설

FUSION FANTASTIC STORY

『권왕전생』 임경배의 2015년 신작!

『이계진입 리로디드』

**왕의 심장이 불타 사라질 때,
현세의 운명을 초월한 존재가 이 땅에 강림하리라!**

폭군으로부터 이세계를 구원한 지구인 소년 성시한.
부와 명예, 아름다운 연인…
해피엔딩으로 이야기는 끝인 줄 알았건만
그 대가는 지구로의 무참한 추방이었다.
그리고 10년 후…….

"내가 돌아왔다! 이 개자식들아!"

한 번 세상을 구한 영웅의 이계 '재'진입 이야기!

Book Publishing CHUNGEORAM

2016년의 대미를 장식할 최고의 스포츠 소설!!

Career record : 984W 26L
Career titles : 95
Highest ranking : No.1(387weeks)
Grand Slam Singles results : 23W
Paralympic medal record : Singles Gold(2012, 2016)

**약 십 년여를 세계 최고로 군림한 천재 테니스 선수.
경기 내내 그의 몸을 지탱하고 있는 것은…… 휠체어였다.**

『그랜드슬램』

**휠체어 테니스계의 신, 이영석(32).
그는 정상의 자리에서도 끝없는 갈망에 사로잡혀 있었다.**

"걷고 싶다, 뛰고 싶다. …날고 싶다!!"

**뛸 수 없던 천재 테니스 선수
그에게, 날개가 달렸다!!!**

Book Publishing CHUNGEORAM

유행이 아닌 자유추구 -
WWW.chungeoram.com

GAME BALL

게임볼 설경구 장편소설
FUSION FANTASTIC STORY

무명의 야구인이었던 남자,
우진이 펼치는 야구 감독으로서의 화려한 일대기!

『게임볼』

"이 멤버로 우승을 시키라고?"

가상 야구 게임,
게임볼을 통해 인생 역전을 꿈꾸는

한 남자의 뜨거운 행보에 주목하라!

Book Publishing CHUNGEORAM

유행이 아닌 자유추구 -
WWW.chungeoram.com

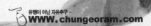